ジーノの家

イタリア10景

内田洋子

文藝春秋

ジーノの家

イタリア10景

〈目次〉

黒いミラノ　7
リグリアで北斎に会う　36
僕とタンゴを踊ってくれたら　61
黒猫クラブ　85
ジーノの家　110
犬の身代金　137

サボテンに恋して　164
初めてで最後のコーヒー　193
私がポッジに住んだ訳　223
船との別れ　255
あとがき　280

装丁　中川真吾

ジーノの家

イタリア10景

黒いミラノ

初めてそのバールに入ったのは、今から二十年も前になるだろうか。

その頃、私はその店と同じ通り沿いに日本から引っ越してきたばかりで、荷物が片付くまで連日、やれコーヒーだ昼食だと、バールに足繁く通っていた。すでにいっぱしの常連気取りで、自在にミラノを使いこなしているような気分でいた。ミラノについてはもちろん、自分の住む界隈のことすら何もわかっていなかったというのに、異国の地で背伸びをして通《つう》ぶってみたかったのかもしれない。

店は、うっかりしていると気づかずに通り過ごしてしまうような、小さくて目立たない構えである。

奥行きいっぱいのカウンターと、その前に人ひとりが通れるかどうかの空間があるだけで、まるで廊下がそのままバールになったような造りである。狭いうえに壁には、古びて赤茶けた写真や手書きのメニューがびっしりと張ってある。カウンターの片隅には、色あせた造花の入った花瓶が置いてある。客が送ってくるのだろうか、レジの背後には、おびただしい数の世界各地の絵はがきが押しピンで無造作に張り付けてある。

カウンターの背後は鏡面になっていて、そこに据え付けられた棚には、多種の酒瓶がずらりと並んでいる。梯子《はしご》がないと届かないような上の棚で埃を被ったままの瓶もあれば、手近な高さには出入りの頻繁なカンパリやジン、グラッパのあれこれが見える。

混沌とした店内は活気に満ちているものの、ひどく時代から取り残された印象である。それは、骨董趣味とか、ちょっと戦前ふう、というような粋な懐古主義とはかけ離れたもので、店のすべてがただ単に古くさいというだけのことなのである。

数年前に店じまいすることになった近所の食堂の店主から、「粗大ゴミ回収に出しそびれた。頼むよ」と泣きつかれて二束三文で払い受けた〈フォア・ローゼズ〉のロゴ入り業務用冷蔵ケースが、通路の突きあたりに置いてある。薄暗い蛍光灯の下で、黄色の地に真っ赤な薔薇のマークが浮かび上がって見える。こんなバールで、しかもここはイタリアなので、バーボンなど頼む客は見かけないし場違いなことこの上ないのだが、時が経つにつれてこのフォア・ローゼズ冷蔵庫もそのますっかり店の一部となって、今日も変わらず廊下の奥で薔薇を携え客を迎えている。

店には、客が通れるスペースがあればそれでいい。店主ペップッチョは、徹底している。エスプレッソを注文する客に、タバコを買う人あり、お次の方は？　えっバス乗車券ですって？うちでは扱ってませんよ。ちょっと、そのスツールで必要以上に長居してもらっては困るんですがね。狭いんだからここは。はい次の方、ご注文は何でしょう。

愛想のない店である。しかし、失敬かというとそうでもない。店と客との間には適度な距離感があり、それは客に対する店からの無言の礼儀のようなものかと思う。頻繁に通っても、店主と変に慣れ合った感じになることはなかった。私にはその素っ気なさがむしろ気楽だったし、店主の凜とした品格と思いやりを感じた。

ペップッチョは店の佇まいと同じく、時代の流れや他人からの評価といったことにはいっさい無頓着な、下腹の出たごくふつうの中年男である。十年一日の如く、何ということのないシャツに何ということのないジーンズ姿で、入れ替わり立ち代わり入ってくる客を右から左へ淡々とさばき続けている。

相当にぶっきらぼうな店であるにもかかわらず、なぜか客足は途切れることがなかった。早朝から未明まで、元旦も真夏も、年じゅうとにかく休まず店は開いていて、どの時間帯にもまるで吸い込まれるようにして人々はこの廊下のようなバールに入ってくる。客は店に入るや即座に注文をし、用が済めばそそくさと出ていく。一見《いちげん》の客も常連も、店を空気のように扱う。客もまた、店主に負けず劣らず淡白なのだった。

バールには、時間帯ごとに常連がいる。

当時、日本のマスコミに情報を送る通信社業をしていた私は、時差もあって不規則な生活を送っていた。これからネタが入ってくるか、来ないか。じっと自宅で待機する。携帯電話などない頃である。待ち続けるうちに買い物をしそびれることはしょっちゅうで、空腹同様、冷蔵庫も空なのに気づいては天を仰ぎ、ペップッチョのバールに直行するのだった。

不規則な生活のせいで、バールに行く時間帯も決まっていない。訪れる時間が変われば、バールの様子も微妙に変化した。こうして私はペップッチョの店を通して、ミラノの二十四時間の断片を拾い集めるように、さまざまな人たちと少しずつ知り合いになっていった。

朝五時頃。キオスクに朝刊が運ばれてくる頃、バールには、卸売り市場で仕入れを終えたばかりの青果業者や、早出もしくは夜勤明け帰りの工員たち、道路の清掃業者たちが立ち寄る。働くミラノの人たちと並んで、酒なのか薬なのか、焦点の合わない目つきで足元をふらつかせている怪しげな輩《やから》もまた、この時間帯のバールの常連である。

〈さあこれから一日の始まりだ〉と活気に溢れる人たちと、〈コーヒーでも飲まないことには埒《らち》があかない〉というような夜を過ごした人たちに挟まれて、私もコーヒーを注文する。

これだけ朝が早いと、バールにやってくる面子《メンツ》は毎日ほとんど変わらない。それなのにカウンターに横並びに揃ってコーヒーを飲むとき、互いに声を掛け合うこともない。朝には各人にそれぞれの理由があって、誰にも気兼ねをせずに、まずは黙ってコーヒーを飲みたいものなのである。客同士、これは暗黙の了解で、あえて破るような野暮はいない。

ペップッチョが無言で、手際よくカップを並べる。カップ分の豆を挽く。濃厚な香り。順々にコーヒーを入れていく蒸気の音。白く立ち上る湯気。狭い店内には、スプーンで砂糖をかき混ぜる音とカップと受け皿が触れ合う音が響くばかりである。ある人はきびきびと、また別の人はぼんやりと口へ運ぶ、本日一杯目のコーヒーである。

たいていのバールは、通勤や通学時間をめがけて七時前後に店を開ける。開いたばかりのバールのコーヒーマシーンには、電源が入って間もない。点けたてのマシンからは、前日の酸いような残味とともにタールのようなコーヒーが出てくることがある。エスプレッソは濃ければよい、というものでもない。知らずに飲み干すと、昼過ぎまで胃の上につかえている。

ところがペップッチョの店はというと、朝から翌朝まで、休みなく開いているようなものなので、エスプレッソマシーンは冷える間もない。それで、いつ訪れてもおいしいコーヒーが味わえるというわけである。


それは、ある厳冬の朝のことだった。

五時半を少し回った頃、私はいつものように早朝の顔馴染たちとカウンターにつき、お決まりの仏頂面並べて、コーヒーが入るのを待っていた。

揃って黙々と砂糖をかき混ぜているところへ、警官が二人、入ってきた。

四十過ぎくらいの婦人警官と若い男の警官だった。二人とも唇が紫色に変わっていて、ガタガタと小刻みに震えている。管轄区域内の夜間から早朝の見回りを終えて、体の芯まですっかり冷えきってしまったのだろう。

職業柄か、二人は押し黙ったまま、にこりともしない。ペップッチョは警官二人を一瞥してから、注文を受ける前にさっさと勝手にコーヒーを入れ、カウンターに着いた二人の前にコーヒーカップを置いた。

男のほうの警官は、まだ二十代前半くらいだろうか。制服は見るからに新品で、たまたまこうしてこの服の中に納まっております、というような様子である。砂糖の入った小袋を開けようとするものの、その手は大げさに震えていてうまくいかない。ペップッチョが黙って、震えでがちゃがちゃと音を立てている警官のカップをそっと押さえてやる。警官はやっとのことで砂糖を入れ、コーヒーを飲み干してから、ふうっと声に出して大きく一息ついた。隣にいる中年の婦人警官はこの連れに声をかけるでもなく、入れたての熱いコーヒーが入ったカップを両手で包み込むようにしたまま、あらぬほうを見てぼんやりしている。

「で?」

ペップッチョがぼそりと尋ねた。

しばらくしてから、

「男、だったわ」

ぼうっとした様子のまま婦人警官はそれだけ言うと、再び黙り込んだ。

それを聞いて、店から出ようとしていた人はその場で立ち止まり、カウンターにいた客たちもぴくりとして、私たち早朝組は全神経を耳に集めて、婦人警官が次に何か言うのを待った。


二人はこの日、早番だった。ベテランと新人。婦人警官と男性警官。たいていこういう組み合わせになって、担当地区を巡回することになっている。

さて今日もパトカーで通常の巡回を始めたばかりの二人に、本署から無線で至急の指令が入った。


「巡回は中断。ただちに市の外れを流れる運河の岸辺へ直行せよ」

ミラノ市内南部を流れ郊外へ、そして河川へとつながっているこの運河沿いの一帯は、緑も多く風情がある。市内の喧噪から離れ、のんびり散策したり自転車で走るのにちょうどよく、家族連れにも人気のある憩いの場所である。

しかしいったん日が暮れて、しかも真冬の夜中ともなると、あたりの表情はがらりと変わる。運河の片側には閉鎖された町工場や倉庫の跡地が未整備のまま黒々と広がり、もう片側には運河と並行して走る二車線の市道と多数の公団住宅が続く。繁華街からは遠く、市電や地下鉄の駅もない。明かりが点いているのは、当直の薬局くらいである。すっかり人通りは絶えて、昼間ののどけさからはほど遠い、物騒な一帯へと変貌する。

その冬の夜の運河で、いったい何が起こったのか。

「暗い運河の中から、にょきっと二本、赤いハイヒールを履いたままの足が上に突き出ていてね……」

こういう感じで、と婦人警官はV字に指を立てて見せながら、話を続ける。

「明らかに死体よね」

ひっ。

皆、息をのむ。店から出て行く客は、もう一人もいない。

それで？

駆けつけたもののこの事態に二人だけでは、どうにも対処のしようがない。さっそく本署に状況を報告し、殺人課の応援部隊が到着するのを待つことになった。暗闇の中にぼうっと浮き上がる、白い足。赤い靴。

震える新米。

「先輩、寒いです、ね」

「そう？　下腹にしっかり力を入れたら、そんなことないわよ」

きりっとV字を睨みながら、婦人警官は低い声で応える。水際で凍えそうな寒さの中、しかも物騒な光景を前に長時間、見張りに立つのは並たいていのことではない。

十五分ほど、待っただろうか。本署から数名が到着した。そのうちの中堅刑事の一人は、青

白い顔でベテラン婦人警官の背後に隠れるように、寒さと驚愕で震えながら立っている新米警官を見つけると、

「おい、そこのお前。ちょっと来い。いい機会だ。潜水隊といっしょに潜って、性別確認作業の見学をして来い」

は？　じ、自分のことでありましょうか？

さらに凍てつく、若い警官。

冷え込みは厳しい。運河の水は、どれだけ冷たいことだろう。しかも、水は怪しく濁って黒光りしている。

しかし厭と言えるような空気ではなかった。若い警官は、ガクガクと笑う膝を騙しながら制服を脱ぎ、ベテランたちが見守る中、渡された潜水服に着替えた。いざ入水。

水際で、若い警官は再びおずおずと、

「あの、赤いハイヒールですから、ホトケさんが女性なのは明らかではありませんのでしょうか……」

表情を変えずに本署の刑事は、片手を大きく振り上げてから自分の股間にがっと勢い良く振り下ろし、ぎゅうっと己の一物を摑んで見せて、

「わかったか。確認してこい」

行け、と顎をしゃくって、出動を命じたのだった。

ドボン。

ひゃあ、あぁ。

しばらくして運河に響く若い警官の叫び声を聞き、本署の刑事は〈やはり〉という顔をして、婦人警官を見た。死体は、男だったのである。

日が昇る前に一通りの現場検証と遺体の引き上げを終えて、新米とベテラン婦人警官のコンビは、所轄の署に戻る途中にペップッチョの店に寄ったというわけである。

「どうも、お疲れさん」

ペップッチョは低くつぶやくように言い、二杯目のコーヒーをカウンターに置いた。ちらりと若い警官を見て、そのコーヒーにグラッパをたっぷりと注ぎ足してから、ほれ、と差し出した。

カッフェ・コルレットである。コーヒーの酒割り、とでも訳せばいいか。アルコール度四十パーセント以上はあろうかという蒸留酒をエスプレッソコーヒーに加えて、喉奥に放り込むようにしてぐっと一息に空ける。喉元を苦いコーヒーと燃える酒が通過、五臓六腑にカッと火が点く。グラッパを入れる人あり、ウォッカ派あり。いや、やはり薬草酒でないと、ね。何の酒で割るかは十人十色だが、アルコール度が高くなければ意味がない。強ければ強いほどよい。

グラッパのせいか朝日のせいか、ようやく警官の唇にうっすらと血の気が戻ってきたようだった。

ピンク色の唇を合図にするように、それまで黙って耳をそばだてていた早朝の常連たちも一様に、さて、と誰に言うともなく呟いて、店からそそくさと出ていった。

私は何となく店を出ていくタイミングを逸してしまい、そのままカウンターに警官二人と並んで黙って立っていた。店内には、私たちの他にはもう誰もいない。

あの、ミラノの町中に無法地帯がある、と聞いたことがあるのですけれど。

私は黙っているのが気詰まりになって、前から誰かに確かめてみたかったことを思い切って尋ねてみた。

犯罪組織が拠点とする一帯が町のど真ん中に存在し、〈黒いミラノ〉と呼ばれているらしい。そこはいわば悪の樹海で、いったん犯罪者が逃げ込んだら最後、警察でも探し出せないという。ミラノは狭い。いったいどの辺りにあるのだろう。事情を聞くのに、これほどふさわしい相手はいない、と思ったのである。

一件落着でようやく一息ついていたところに、見知らぬ東洋人に話しかけられて、中年婦人警官はやや戸惑った様子だったが、隣の同僚と顔を見合わせてから、

「ええ、ありますよ、ここからもけっこう近いところです。ついこのあいだまで、私たちはちょうどその地区の担当でしてね」

そこでよほど私は、〈しめた〉という顔つきをしたらしい。婦人警官は話をやめて私の顔をまじまじと見てから、

「でも、あなたが興味半分で見に行くようなところでもなければ、知って得するような界隈でもありませんよ」

丁寧だったが、こちらの浮ついた様子にぴしりと釘を刺すように、厳しい口調になって付け加えた。


ミラノには、イタリアが凝縮している。

もはや生粋のミラノっ子よりも、地方からの移住者のほうが多いのではないか。そして移住者の大半は、南部の出身である。郷里には就職先が少ないからである。そういう地方出身者対象に、各地の産物を専門に売る店もあって、まるで常設の全国物産展を見るようだ。他の都市と比べてミラノでより斬新な事象が起きるのは、こうして他所《よそ》から流入してきた異なる個性が混在して、互いに影響し合うからだろう。

しかし人が集まれば、また同時に犯罪組織も寄ってくるのである。ミラノの闇の部分であるその怪しげな地区を、人づてに聞いてあれこれ空想するだけではなく、自分で実際に歩いてみたくなったのである。何か売れる記事になるかもしれない。

取材が目的であり、華やかなミラノだけではなく陰のミラノも調べてみたいので、と繰り返し事情を説明すると、婦人警官は、物好きねえ、と呟いてから、

「ここで立ち話するにはやや込み入っているし、今朝はいろいろあって余裕もないから」

と言い、署の直通電話番号を紙に書いて渡してくれたのである。そんな、よろしいのでしょうか？　それでは遠慮なく、近々ご連絡します。

礼を言って頭を下げながら目の端で隣を見ると、やりとりを黙って聞いていた新米警官が、あからさまに〈面倒くさい〉という顔をしていた。

カウンターの向こうではペップッチョが、汚れたカップを次々と洗っては、小皿を片付け、流し台を拭き、台ふきんを絞り、とくるくる働き、こちらには知らんぷりである。一言の合いの手を入れるわけでもない。

長居した。コーヒーを飲み終えて、やっと店を出るというときになって、やにわにペップッチョは振り返り、私たち三人を順々に見据えるようにして挨拶したあと、その目線を私に合わせてから、〈僕が今ここで全部、聞いていたからね。気をつけなさいよ〉と諭《さと》すように頷いてみせたのだった。

「まったくねえ。ミラノの右も左もわかっていないくせに、いくら警官とはいえ、バールで初対面の相手と約束するなんて。どうかしてるんじゃないの。背伸びしすぎてひっくり返るなよ、と警告したつもりだったんだよ」

その朝から数ヶ月経ちペップッチョともかなり打ち解けた頃、からかい半分にそう言われて赤面した。あの朝、闇の中の死体発見の話に度肝を抜かれてしまい、気付けにと飲み干したカッフェ・コルレットで、私は酩酊していたに違いない。無知は傲慢と隣り合わせで、無防備のまま危険へも突進していくような、意味のない勇気を生むらしかった。

私はバールで電話番号をもらった翌日には連絡を取り、早々に警官二人を食事に誘っていた。しかも、自宅に。話の内容が内容だけに、自宅以外に落ち着いて話が聞ける場所を思いつかなかったからである。それに、家に招待してされて初めて本物、というところがイタリアでの人付き合いにはあるので、真摯にご招待しますから本気になって話してくださいね、という表明でもあった。

夜八時を少し回った頃、警官二人はやってきた。手土産には、ナポリ内陸のワイン、ファランギーナと一口菓子の詰め合わせを持ってきてくれる。菓子の包み紙には〈シチリアの銘菓〉と印刷してある。二人はどうやら南イタリアの出であるらしい。

制帽を取った婦人警官パオラは、思いがけず背中に届くほど長い金髪の持ち主だった。やや古めかしいデザインながら、小豆色のスカートに同系色のとっくりセーター姿はいかにも気さくで、私は安堵した。ああ、よくいらしてくださいました。

「こんばんは。東洋の方のお宅にお邪魔するのは、僕、初めてで」

私も警官をお招きするのは、初めてで。

はっはっは。ふふふ。

実家のそばの農業共同組合から送ってもらっている、というそのワインを青年警官カルロに早速、開けてもらう。客とはいえ、栓抜きは男性の役割なので。男性がワインの栓を抜いて夕餉の始まり、という儀式めいたところがある。式典のテープカットのようなもので、男性に花を持たせましょう、という女性側の気配りでもある。

抜いたコルク栓の香りを知ったように嗅いだりしなかったので、私はカルロ警官に好感を持った。こうして、ごく普通な空気のなか、非日常的な客人を迎えての夕食が始まった。

卓上に並ぶチーズやハム、パスタを見て、二人は明らかにほっとしている。パオラが笑いながら、

「正直、生の魚が出てきたらどうしよう、と心配で」

と言うと、僕も、と隣でカルロも頷いて、ふと思い出したように、

「シチリアの同僚から聞いたのですけどね」と話してくれたのは、世にも恐ろしいマフィアの食卓の様子だった。

マフィア関連の事件担当の検事が、ある日、捜査していた組織のボスから食事の招待を受ける。一対一。二人だけの食事。食べて、飲んで、話して、沈黙。で、そろそろ手を打とうではないか。

そういう卓上には、どういう料理が並ぶのか。

「真夏でもないのに、次々と、冷たい肉料理だったそうです」

暗黒ミラノの話に入る前の前菜としては、なかなかにおいしいエピソードではないか。


さて、と。

深呼吸して気を鎮めてから、問題の広場を目指して歩く。犬を連れている。警官カルロから借りてきたのである。

「今は犬猫専門になっているから」と警官カルロが教えてくれた、しばらく前までは人間も診ていたという保健所が、目指す広場にある。

あの晩、拙宅での食事のあと二人の警官はああだこうだと相談しながら、暗黒のミラノ探索のための道程を考えてくれた。出発地点が、その保健所というわけである。

「あの一帯を日本人が一人で歩いていたら、実に不自然。目立つとろくなことはないから、何か散歩の理由をつけなくてはね」

婦人警官パオラはしばらく考え込んで、ならば犬の予防接種のために保健所へ行くという設定がいいかも、ということになったのだった。

しかし、暗黒のミラノである。入ったが最後、無事に再びこちら側の世界には戻って来られないのではないだろうか。やはり怖い。後悔しても、もう遅い。借りてきた犬に後見を頼む気持ちで、リードをしっかり握り直す。

それにしても賑やかな運河地区から徒歩でわずか十五分程度の距離だというのに、いったいこれはどうしたことなのだろう。

昼下がりだが、あたりに人影はない。同じ広場でも、ブティックや飲食店が並ぶミラノ中核のドゥオーモ広場とはたいした違いである。車も通らない。犬猫すらいない。歩く私の足音と御供の犬の鼻息だけが、無人の空間に響くばかり。まるで非常事態が起きて、住民がこぞって避難してしまったかのようだ。

広場の背後には、古びた高層の公団住宅が林立している。うら寂しい灰色の棟が連なり、その外壁の塗料ははげ落ちたまま長らく手入れされていない。漏水なのだろうか、壁面のあちこちにどす黒い帯状のシミが見える。

何年も雨ざらしなのだろう。ベランダに置かれたスチール製の物置はすっかり錆びて、だらしなく開いたままの扉が時折きしんだ音をたてている。洗濯機が置いてあるベランダもある。屋外に置いてあるのに、カバーを掛けるでもなし。

〈どうでもいい〉。拗《す》ねたような、諦めたような、その住人像を想像する。

イタリアの建物の一階部分には、たいてい商店や事務所やバールが入っている。広場に面する建物ともなると、一級の商業価値のある不動産物件だ。

ところがこの広場の周りの建物の一階は、すべてシャッターが下りたままになっている。昨日今日の休業と事情が違うのは、明らかだ。閉ざされた店の前に、いつからそこに放置されたままなのかわからないような、すっかり風化したゴミが山積しているからである。

不気味なほど静かな広場を、できるだけ早足になって横切る。

とそのとき突然、借りてきた犬が尋常でない勢いで吠え始めた。

ゴミが、むくり。

むくり、と同時に、うわあん、と生温い微風が流れるように、ねっとりとまといつくような悪臭が、私と犬を包み込んだ。

うわあ。

放置されたゴミと見えた屑山は、実は人だった。

ゴミ人間は上半身を起して、どうもこちらのほうを見ているらしい。人種はもちろんのこと、男なのか女なのか、年齢も体格も、まったくわからない。それどころか、いったいどこまでが屑でどこからその人の体なのかすら、判別できない。

犬は怯えた目つきで私を見上げてからやや後ずさりし、再び吠え始める。

「あの、小銭、くれないか?」

ゆっくりそう言った。ゴミは、イタリア男だった。

不意をつかれて激臭に鼻柱を直撃され、判断力が麻痺していたのかもしれない。そんな危なげな物乞いは無視するべきところを、なぜかそのとき私は、ゴミの男に小銭を渡す気になったのである。誰もいないこの広場で、襲撃されたらどうする、と不安になったこともある。通行税のようなものである、あるいはお賽銭の一種だと思えばいい。それで済むなら、安いものではないか。

いくらゴミのようだとはいえ、一応、人間なので、あまり無礼のないように男のほうに向かって小銭をいくつか転がすようにして置いた。

ちゃりん。

むくり。

うわあん。

私は息を止めて、吠え続ける犬を力ずくで引っ張り、保健所のある番地へ向かって急いで歩く。走る。助けて。

「本当に行ってみたいのですか、ミラノの暗黒街へ？」

あの晩、拙宅で菜の花をニンニクとオイルで炒めて和えたパスタを食べ終えた頃、警官カルロは理解に苦しむな、という顔で私に繰り返し尋ねた。

「あらでも、けっこう楽しかったわよ」

とパオラはからりと笑い、グラスに残っていた赤ワインを飲み干してから、

「ある朝、カルロと暗黒地区の巡回をしていたら、後ろから来ていたはずのカルロがいない。

「あら？　と振り返ってみたら、なに、路上で伸びてるじゃない」

　ああ、あの一件ね、とカルロはバツの悪そうな顔で苦笑いした。

『巡回の際には、路上駐車してある車の下や排気管の中を徹底的に調べよ』と指令される。この地区の住人の大半は、麻薬と売春で生きている。警察の巡回の合間を狙って、あらかじめ打ち合わせしておいた場所に麻薬を素早く隠す。間髪を入れずに取引相手が到着する。取る。立ち去る。車で移動すると目立つし、足が付きやすい。こうしてブツは、手渡しで売買されるのがふつうだ。

　その朝もカルロは車の下、パオラは周囲の人の気配、とそれぞれ役割分担して巡回していたところだった。カルロが車の下を覗き込もうとしたそのときに、頭上から立派な植木鉢が落ちてきて、警官に命中。カルロが気を失って路上に伸びているうちに、その車のどこかに隠してあった商品は納品されたらしかった。

「私が駆けつけたときには、もう誰もいなかった。どこに逃げたのかもわからない。アパートの上階を見上げても、開いている窓もなかったし」

　この一帯は公団であるにもかかわらず、いつからそこに誰が暮らしているのか、正確な居住者状況は、公安にも市の住民課にも把握できていない。もともと低所得者層を援助するために建てられた公団住宅なのだが、現状では入居時の住民登記とは異なる、素性の知れない輩がアパートを不法占拠しているケースが大半だという。

「いったんここに逃げ込まれると、お手上げよ。似たような身の上の住民どうし、見ても見ないふり。知っていても言わない。中にはごく少数ながらもまっとうな住民もいるのだけれど、その大半が一人暮らしの高齢者で、報復を恐れて余計なことは口が裂けても言わないの」

地区担当の警官たちは居住者記録を頼りに、孤独な老人たちを訪問する。年寄りを励ましながら実は、近隣の住人情報を探り出そうというのが真の目的である。

地区内には、もちろん学校もある。小学生の道路横断指導も、担当警官の大切な任務の一つである。

「横断歩道の真ん中に立って、旗を持って歩行者を誘導する。道を渡る子供たちが歩きながらいっせいに、『やーい、うんちペンギン！』と言いながら、ペエッ。唾を吐くんですよ、僕に向かって」

あの寒い朝、バールで会ったときのカルロの黒っぽい制服姿を思い出す。なるほど、ペンギンね。うんち、ね。

地区内の、まともな大人の住人は少数である。ここの子供たちの親兄弟、親族、友人知人の誰かは、必ず警察の世話になっている。前科者、服役中もいれば、指名手配中もいる。横断指導とはいえ、相手は家族の憎き敵、警察である。

ごくわずかだが、もちろんごく当たり前のイタリア人家族も住んでいる。地方からミラノに働きに出てきて、市内のあまりの物価高に驚いているところへ、破格に廉価の賃貸住宅が見つかる。これなら借りられる。飛びつく。しかし住んでみて、びっくり。安いはずである。ご近所は皆、人生を投げたような人ばかりだからである。幼い子も若者も、その眼差しは憎悪と失望に満ちている。

環境悪いことこの上ない地区だ、と驚いてすぐに出ていく人たちもあれば、多少のことには目をつむってここで暮らさざるを得ない人もいる。

それでもせめて子供だけは、と他地区の学校へ越境通学させる親が多い。さらにこの地区には、脛《すね》に傷を持つイタリア人のみならず、不法入国してくるアラブ系、スラブ系、アフリカ系、南米系、フィリピン系も多い。地区内には、多様な民族の子供たちが過半数を占める公立学校も増えている。イタリアの厳しい格差社会で、底なし沼のような社会の最下層を生み出す学校でもある。いったん底へ落ちたら、再び這い上がるのは難しい。アリクイの巣のようなところなのである。

「小中学生だからといって、けっして侮れません。この地区を通る市電の最後部車両はベビーギャングの縄張りで、別名〈カツアゲ車両〉と呼ばれています」

だから絶対に後ろには乗らないように、夜は乗らないように、とカルロは何度も注意してくれた。

さて、保健所である。

広場のゴミ男から逃げて、息を切らしてようやく保健所までたどり着いたものの、入り口のガラス戸は閉まっている。ガラス越しに見える受付には、誰もいない。入り口脇にある、〈保健所／動物専用〉と書かれたブザーを押してみる。〈動物専用〉の他にも以前はいくつかブザーがあったようだが、バーナーのようなもので焼き尽くされたらしく、溶けて原形をとどめていない。

しばらくしてようやく、〈はい〉と女性の声がインターフォンから聞こえて、入り口の自動錠が開いた。

犬の予防接種に来た旨を告げた相手は、場所に似合わずなかなかの美人獣医だった。

「すみませんね、犬猫以外にもいろいろな〈患者〉が入ってくるので、玄関は厳重に閉めてあるのです」

医師はてきぱきと診察し注射を施し、接種証明をまとめながら、そう言って玄関口の不備を詫びた。

「針付き注射なら何だって使う、というヤク中がいっとき広場に大勢集まってしまって」

さきほどのゴミ男を思い出す。

ここで以前は人間も診ていた、と聞きましたが。

「かつて新米医師は、研修期間中にまずこの地区の救急センターに送り込まれたものです。登竜門、ですよ。肝試しというか、腕試しというか。ここに運ばれてくる急患ときたら、獰猛犬や野獣も縮み上がるほどの、すさまじいカテゴリーですから」

何度捕まっても、何度出所しても、外界には更生の機会などほとんどない。戻る家庭もない。仕事もない。すべては振り出しに戻る。這い上がれないアリ地獄、知らないミラノがそこにはあった。

医師に挨拶してから、再び保健所前の広場へ出た。広場はゴミを抱えたまま、相変わらず静まり返っている。


犬を連れて、人通りのない公団集合住宅街を再び歩く。

保健所を出て、広場を突っ切り、そのまましばらく行くと大通りから一筋へ入ったところに、煙草屋を兼ねたそのバールはあった。

「地区の情報の交差点のような場所だから」

パオラとカルロから、寄ってみるように奨められた店である。

一見、どこにでもあるような店構えだった。

店の脇に、コインを入れて取っ手を捻ると中からプラスチックのカプセルに入った景品が出てくる、〈ガチャガチャ〉が何台か置いてある。周辺の建物同様、風雨にさらされて薄汚く変色し、中に景品のカプセルは一つも入っていない。

安っぽいプラスチックの椅子が二脚、脇に丸いテーブルが一卓、歩道に出ている。白抜きの字でTabaccoの〈T〉と入った看板のかかる入り口の壁には、いろいろな種類のアイスキャンデーの値段が写真入りで、ポスターのように張ってある。宝くじの公認販売所でもあるらしい。〈ここで一万ユーロの当たりくじが出ました!!〉と、太字のマジックで書きなぐった紙が張ってある。バーカウンターの左端に、引き戸のついたガラスケースが置いてある。いつから掃除していないのだろう。ケースは、埃と手垢でうっすらと曇っている。ふつうは朝食用の焼きたてのクロワッサンや菓子が入っているものだが、薄汚れたそのケースには、大振りの丸いビスケットが一枚入っているだけである。真ん中に毒々しいオレンジ色のジャムが、糊のようにべっとりとのっている。いったい、いつからそこにあるのだろう。

犬と店に入ったとたん、先客たちがそろってこちらを見た。

じろり。

私は一瞬ひるんだものの、カウンターに近づいてコーヒーを頼む。ふん、なんだ、通りすがりの客か。そういう顔になって、先客の男たちは自分たちの雑談へ戻る。

「……開始ぎりぎりまでは、市内で一千だ」

「一時間前を割ったら、多少の割引もやむを得ないだろ……」

俺は絶対に割り引かない、いや俺はどんなことをしても捌《さば》く、と低く口々に言い合っている。

ダフ屋だった。

売り物は、今晩のサッカーダービー戦、ミラン対インテルのチケットらしい。

「で、どう、買うの？」

いきなり後ろから濁声《だみごえ》で聞かれて、私はコーヒーカップを落としそうになった。え、私がですか？

「安いよ、たった一千だから。特等席だし。二枚なら一千八百にまけとくけど、どう？」

まつわりつくようなナポリの強い訛で、男はたたみかけるように持ちかけてくる。男の訛は度が過ぎていて、南部の出をあえて強調するためなのかもしれない、と身構える。北部でナポリやシチリアの南部訛を耳にすると、田舎っぽい暢気さと気さくな印象を受ける一方、その妙に親しげな様子の向こう側から、こちらの隙を狙ってにじり寄ってくるような、独特な調子があることに気づく。馴れ馴れしい調子に気を許すうちに、気が付くとすでに相手の思うつぼ、ということが多い。

恐る恐る振り返って、その男を見る。

つくづく悪い奴、という感じである。目はたしかにこちらを向いてはいるものの、白けきっている。世の中を斜に見るような、擦れた目つき。口元には薄く愛想笑いを浮かべてはいるが、俺の時間を無駄にするなよ、と有無を言わさぬ押しがあって、そこで下手な雑談など交わすような余地はない。

身なりは、わざといくつか要所を外して小洒落ている。つまり、ブランドだが、履き古しふうのジーンズ。高級靴だが、スニーカー。ジャケットはなし。濃い紫色の太い縦縞の綿シャツを三つ目のボタンまで外し、盛大に開いた胸元からは金の太いチェーンネックレスと極彩色の入れ墨が見え、熱帯雨林的なコロンの強い香りがする。手首には揃いの金のブレスレットに、分厚く文字盤の大きな潜水用の時計をしている。男がカウンターに何気なく置いた自動車のキーは、アウディの革製キーホルダーに付いていた。

俺は男だ、俺は南部だ、俺はワルだ、俺は金持ち、俺は、おれ、オレ……。

全身から匂い立つようなチンピラぶりが暑苦しい、息苦しい。

せっかくですが、今晩はテレビで観戦しようかと思っていたところです。

「あっそ」

ナポリふうダフ屋は、売れないとわかると即座にカウンターから身を離し、じゃあな、と仲間のほうに顎をしゃくって、そのまますそくさと店から出て行った。試合開始まで、商売に残された時間はわずかである。バールで、茶など挽いている場合ではない。

残りのダフ屋仲間も、それぞれ仕事にかかるようだった。皆が出て行った後、店に残ったのは、私と犬とカウンターの向こうの店の男だけとなった。

「で、今日は何のご用で?」

店主は、私の目を覗き込むようにそう尋ねた。まさか偶然にここまで来たわけじゃないのだろう、と聞いているのだった。

この近所に引っ越してきた知人の手伝いで訪ねてきたもののまだ荷物の山で、エスプレッソ

マシーンすらなくて、としどろもどろに説明すると、

「よければ、これ、使ってください」

店のコーヒーカップを二椀、私の前に置いた。

まだ三十代だろう。童顔だが、長身でがっしり堂々としている。ラグビー選手のような体軀だ。明るい栗色の髪は短く刈り上げて、白い綿シャツの腕まくりに、ジーンズ。諸悪の交差点とされるバールの店主にしては、あまりに普通で清涼感溢れる青年である。

カップを受け取りながら、何を聞こうか考える。

警官カルロによれば、この店では情報のみならず、さまざまな闇取引が行われるという。ダフ屋の密談など、商売のうちでは余興の類いだろう。

一帯には、さまざまな南部のワルたちがいる。犯罪組織はおおまかに、シチリアのマフィア、ナポリのカモッラ、カラブリアのンドランゲタに分かれている。それぞれが各様に悪く、悪の生業にも棲み分けがある。

この地区は、南部の出身者に人気があるそうですね。ところで、店長のご出身はどちらで？

「カラブリア、ですよ」

私が一瞬息をのむのを確認するように、やや間を置いてから、

「もし何か困ったことがあったら、頼りになる友人をご紹介しますよ」

ゆっくり言った店主の目は、さきほどのアウディの男と同じだった。視線はこちらだが焦点

は空に泳ぎ、その奥は白々と冷えきっている。

いただかないわけにはいかないだろう。

カップ二個をしっかり抱えて礼を述べ、店を出る。早足。小走り。全力疾走。ここへ来てみたいなど、なぜ思ったのだ。次から軽はずみは控えなければ。早く帰ろう。犬よ、走れ。気ばかり急《せ》いて、しかし足はもつれ、なかなか先へは進まなかった。

しばらく家で使っていたそのカップは、そのうち一個割れ一個欠けて、わが家から姿を消した。

カップがなくなってようやく、私はあのバールの店主とダフ屋のにらみから解放され、落ち着いてコーヒーを飲める気分になった。それでもしばらくの間エスプレッソを飲むたびに、あの日見たミラノの閉ざされた世界の寒々しい様子が目の前に現れて、胃が縮むのだった。

リグリアで北斎に会う

インペリアという港町に来ている。

さしたる取り柄もない北イタリアの地方小都市で、そのまま海岸沿いを西へ進むとやがて国境、という位置にある。国境の向こう側には、モナコ公国とフランスが続く。つまりコートダジュールの延長にあるわけだが、同じ海岸沿いにあってフランス側はあれだけ華やかなのに、こちらイタリア側はといえば、栄えるでもなし滅びるでもなし。鄙《ひな》びた田舎の港町のまま、そこにある。

防波堤の突端に立って、ピーノが煙草を吸い終わるのを待っている。

十一月も半ば。今朝ミラノを出たときは吐く息が白くなるほどの冷え込みだったというのに、三百キロ南西に移動したここは日向《ひなた》では汗ばむほどの陽気で、その気になればまだ海でひと泳ぎもできそうだ。海からの照り返しが眩しくて、サングラスなしではとても目を開けていられない。浜辺には、広げたビーチタオルの上に水着や半袖姿で寝転んだり、持参の釣り用の椅子に座ったりしている人たちが見える。観光客ではなく、どうも地元の人たちが昼の休憩を利用して、好きに浜辺で過ごしているらしかった。他所者《よそもの》にしては、浜の使いぶりがあまりに手慣れている。雲のない空は、海と沖合でつながっている。海辺だが風は潮を含まず、からりと吹き抜けていく。

「インペリアに、『自分はホクサイの生まれ変わり』と吹聴している老人がいるらしいよ」

数日前、カメラマンのピーノから電話があった。

インペリア、か。イタリアの西の果てにあったような。記憶に残らない、どうでもいい町。場末の港にイタリア版北斎など、いかにも胡散臭くあか抜けない話に聞こえる。それでもピーノから、

「ネタの正体を確かめがてら、ついでに海辺でおいしいものでも食べに行こう」

そう熱心にたたみ込まれて、ふむ、ならば、と食指が動いた。二つ返事で話はまとまって、こうして今、海に来ている。

仕事柄、イタリア内外の付き合いのある記者やカメラマン、事情通から、さまざまな分野の情報が頻繁に舞い込んでくる。数年前にミラノの新聞社から、ピーノもそうした情報通の一人

として紹介された。ファッション専門のカメラマンである。

「感度抜群のアンテナで、不思議な情報や伝手《つて》を持っているから」

との編集局長のお墨付きだった。

ピーノは、専門誌〈ヴォーグ〉の表紙を担当するほどの腕前である。建前ばかりの派手なファッション業界とは肌が合わない、と言って、仕事が終わると、政治部の記者たちや前衛芸術家などのたむろする飲み屋に出入りしている。無骨で気難しい同僚たちとのほうが気楽らしい。

撮影現場でのピーノは、天然パーマで鳥の巣のようにこんがらがった髪を振り乱し、一人で機材や照明を手早く準備したかと思うと即刻、被写体に向かってかけ声を発しながら、一瞬の好機を摑んで連写していくのだった。

できあがってきた写真の中の人物は、撮られた本人でさえ見たこともなかった表情をしている。ピーノには特別な触覚があって、その人の隠れた内面を取り出せるのだろうか。編集部も被写体も焼き上がった写真を前にして、舌を巻き、絶賛するのである。

今回のホクサイ情報は、地方の画廊や美術館に額縁を卸している、知り合いの問屋から仕入れてきたのだという。動物のようなピーノの嗅覚にかかってくる情報は突拍子もないが、どれも面白い記事になる素材が多かった。

「イタリア人が東洋のことなどよくわかっていないのをいいことに、〈ホクサイ〉を名乗って、自分の作品に箔付けを目論んでいるのかもな」

ピーノの一服が終わって、額縁問屋から入手した住所を頼りに、インペリアの町を歩き始める。

潮風と太陽の溢れる港から一筋入ると、そこは突然、薄暗い湿気た路地である。昔ながらの道なのだろう、車が一台通り抜けられるかどうかという蛇行する狭い道である。歩道もない。車に轢かれないように建物の壁に身を寄せながら、ピーノと前後に並んで歩く。

頭上には、建物の間に細長く切り取られて空が見える。青い帯が一反、ほどかれているようだ。足下に視線を戻して歩くうちに、路地を挟む建物が次第に私たちを挟み込んでくるような錯覚に陥る。車は切れ目なしにけっこうなスピードで、私たちの脇をぎりぎりにすり抜けていく。

「こりゃ、ガス室だな」

振り返って、ピーノは顔をしかめる。

両側の建物の石壁は、排気ガスのせいで薄黒く煤《すす》けている。崩れ落ちている壁もある。修理されるでもなし。路地の石畳は、何世紀も昔のものなのだろう。黒光りして古めかしく情緒はあるものの、あちこちではめ込まれた石が剝がれ、穴が開いたままになっている。日が差さない建物の上階のバルコニーの手すりは茶色に錆びつき、今にも腐れ落ちてきそうである。何ともうら寂しく貧相な裏道は、まさに〈どうでもいい町〉そのものの印象だった。

そして問題のデ・ジェネイ通り15番地は、古ぼけた床屋のすぐ隣にあった。

玄関にはごく簡単なアルミサッシのガラス扉があるだけで、しかも開けっ放しになっている。いかにイタリア版とはいえ、北斎を名乗るからにはそれなりの工房なのだろうと想像していた私は、その安っぽいアルミの扉を前にして少々肩すかしを食らった気分になった。

薄暗い中へ向かって、私は声をかけてみる。

あの、すみません、どなたかいらっしゃいますか。

えーっと、ホクサイ先生、おられますでしょうか。


おっ、おうと甲高く弾むような男性の声が奥からしたかと思うと、ガラス扉が大きく中へ向かって開いた。

「やあやあ、お待ちしておりましたよ、さあ奥へどうぞ」

やっ。

その声の主の姿を見たとたん、背中のあたりがゾクリとした。

ああ北斎先生、祖国を離れてこんな遠くでお目にかかれるなんて。お互い、よくぞこの最果ての地までやってきたものですね。

そう声に出し手を握りしめて挨拶したいほどに、目の前に現れた老人は、かつて美術本などで目にしたことがある、あの北斎そのままだったからである。

そんな馬鹿な。

驚きのあまり言葉を失って入り口で立ち尽くしていた私の腕をぐっと摑んで、ピーノは痩身の老人の後に続いて中へ入っていった。

わずかに残った白髪は銀色に光り肩まで長く、生え際の上がった額をさらに強調するように無造作に後方へひっつめにしている。私たちを迎えて破顔一笑の老人だが、その眼光は鋭く、じっと見据えられると思わず身がすくむ。

工房は低い丸天井で、狭い間口のまま細長く奥へと続いていて、穴蔵のような作りになっている。

「中世は、漁師が舟や魚網を引き込んだ倉庫だったのですよ」

物珍しそうに見ていた私に、老人は説明する。

部屋の壁面には天井に届く棚が設《しつら》えてあり、そこには何種類もの紙や大小の木片、板、彫刻刀やさまざまな色のついた無数の刷毛《はけ》や筆、インク、色粉、ボロ布、豪華な展覧会のカタログに雑誌、新聞の切り抜きなどが、ところ狭しと積み置かれている。さらに、土産なのだろうか、海外の観光地の写真がプリントされた灰皿やスプーン、すっかり色が褪せた造花、古い鍵、セルロイドの人形、菓子の景品など、どう見てもがらくた同然のさまざまが、わずかに残った隙間に詰め込むようにして置いてある。

「リグストロ、といいます。雅号です。『リグリアのマエストロたれ』。北斎さんが夢に出てきて、私にそう告げたので」

ピーノが、あからさまに『嘘つけ』という顔をして肩をすくめ、私をちらり見る。

リグストロはそんなことには少しも構わず、涼しげな眼差しになって「そうですね？」と小声で呟きながら、後方をそっと振り返った。

そこには、本物の北斎先生の自画像がかけてあった。そしてその額縁の前には、一輪の花と竹皮の上質なバレンが一つ供えてある。


「今はこうして彫っていますがね、私は昔、エンジニアだったのですよ」

老人は私たちに椅子を勧めてから、作業台でもあるのだろう、あちこちに色粉が染み付いたがっしりと立派な木の机の向こう側に座って、おもむろに話し始めた。

「工場機械の設計が専門でした。妻の実家の稼業がオリーブ栽培でそこそこの作付け面積は持っていたものの、ここでのオリーブ専業農業は辛い作業のわりには実入りが少ない。妻の両親から、『技術屋なんだから、オリーブの実から油を抽出する機械を設計してくれないか』と頼まれましてね」

リグリア州は、南は地中海に面し北は山地に挟まれた、東西に細長い地形をしている。大規模農業ができるようなまとまった平地はなく、耕作できる場所といえば、海に迫り落ちてくるような山間部の斜面と、内陸へ続く山間《やまあい》のわずかな隙間にある土地ぐらいである。

地中海沿岸で最も穏やかな気候に恵まれながら、農業を営むには少なすぎる降雨量と耕地不足のせいで、昔から一帯の農業からは自給自足が精一杯の出来高しか望めなかった。

「インペリアの山の斜面の日照時間は、リグリア州の中でもさらに長い。乾燥して温暖な気候はオリーブには適しているのですが、上るにも道がないようなところばかりでしょう。ロバを引いて山間の獣道を伝い歩き、斜面から転がり落ちないように幹に命綱を縛り付けては、オリーブの実を一つずつ摘む。暖かいので、どうかすると二度収穫できる年もある。完熟寸前を見極め、手早く取り入れなければならない。いったん実が落下してしまうと、もう駄目です。ついた傷から腐ったり酸化が進んで、おいしい油が取れなくなりますから。結果ここらの農家は、年がら年中、オリーブにしがみつくような毎日を送ることになるのでした」

インペリアへの道中、車窓から見た風景は、銀色に美しく葉が光るオリーブ一色だった。あたりに自然に群生したものなのだろうと思って見ていたが、こうして話を聞くとけっこう手のかかる果樹なのだと知る。

今朝ミラノからインペリアに着いたとたんにピーノは、

「仕事の前に、まず気付の一杯」

とさっさと港のバールに直行し、地元の白ワインを注文した。そのときにつまみとして小皿に入れて出されたのは、塩漬けのオリーブの実だった。

よく冷えた辛口のワインを一口飲み、オリーブの実を爪楊枝に差して前歯でそっとかじる。小粒で薄い果肉が、種に頑なにしがみついている。狭く痩せた土地から離れようとしない、リグリア人そのものではないか。

タッジャスカ種というこの地産オリーブから採れるオイルは、さらりと軽やかな食感で香りも高く押しつけがましくなく、野菜や魚介類を調理するのに相性がよい。斜面の栽培地では機械が導入できないため、収穫はすべて手摘みである。木一本ずつの手入れは我が子の世話同然で、効率は最悪ながらも農家の万感のこもった収穫となる。

何代にも遡《さかのぼ》ってリグストロの妻の実家は、一帯の急斜面に分散してオリーブ栽培を手がけてきた。収穫した実は近所にある油の抽出場まで運ばれて、そこで量り売りされる。持ち込まれたオリーブの実はその場ですぐに洗浄され、古代ローマ時代からと言われる大きな石臼で実を潰し、濾過《ろか》して、油に加工される。油を抽出するにはそのような大掛かりな装置が必要なため、農家は個別に所有することなく共同で設備を利用して実を挽いては、自分の持ち込んだ実に見合う分量のオイルを持ち帰るのが普通だった。粉挽きのための水車小屋のようなものである。

妻の実家は、その油抽出までの一連の作業を機械化できないか、とリグストロに頼んだのだった。

「なかなか性能の良い機械が出来上がりましてね。特許ものですよ。それを機に、作付け面積がけっこうあった妻の実家は、農業からオイル製造業へと転業を果たして、おかげで暮らし向きは大きく変わりました。ご近所でも機械を導入したがる農家がどんどん出始めて、まもなく私はオイル工場機械専門の会社を立ち上げて、リグリア以外のオリーブ産地へも営業のために飛び回るようになったのです」

そのときリグストロの話を遮らないように、誰かがそうっと忍び足で工房へ入ってくる気配がした。入り口のほうを振り返ってみて、私は再び大きく息をのんだ。

そこに、和服姿の老婦人が立っていたからである。あでやかににっこり、こんにちは。丁寧に黙礼する、日本の老婦人。

これはいったい……。

「やあ、キヨコ、よく来てくれたね。こちら、ミラノからのお客さんです」

イタリア版北斎は、びっくりしている私にキヨコさんを紹介した。

キヨコさんの着物は華やかな色と柄で、薄暗くて湿気ている工房に一気に花が咲いたようである。七十は優に越えているだろうか。いくぶん派手目なその着物をうまく着こなし、小柄でそこそこにふくよかで品高く、こぼれんばかりの笑顔で佇むその様子は、まるで無声映画の中から抜け出してきた女優のようだった。

あらゆる不測の事態に慣れているはずのピーノも、目の前の非イタリア的な状況がよく飲み込めていないようで、ぽかんとキヨコさんを見つめたままである。

「キヨコと申します。インペリアに来て、五十年近くになりますの。リグストロとは、北斎先生のご縁でお目にかかりまして」

と、いうようなことを言ったのだと思う。というのは、老婦人の話したことばはイタリア語のようであってイタリア語ではなく、国籍不明の言語だったからだ。ピーノが〈おい、いま何て言ったんだ、訳せ〉と目で私をせっつく。

はじめまして。日本はどちらのご出身でしょうか。またなぜインペリアに？

私は試しに、キヨコさんにごく普通の日本語で尋ねてみた。

「あらまあ、なんて久しぶりなのでしょう！」

そう訳せばいいだろうか。単語だけはイタリア語に似たものが並び出たものの、しかし文章としては成り立っていない、不明な言語でキヨコさんは答えてから、

「大変にうれしゅうございます」

と、そこだけ日本語で言って、深々と頭を下げたのである。

うれしゅうございます。

ああ、なんと美しくしとやかな日本語であることか。日本でももはや耳にしない日本語にインペリアで出会うなど、誰が想像しただろう。

キヨコさんは単語はイタリア語らしきものを使うものの、それを組み立てて文にしていく礎《いしずえ》となっているのは日本語の文法らしい、と二三やりとりをしているうちに気がついた。

こちらがいくら日本語で話しかけても、キヨコさんからはイタリア語に似た不思議なことば

がパラパラと小雨のような調子で戻ってくるばかりで、けっして日本語での会話にはならないのだった。半世紀も前に祖国を後にして母国語を話さない生活を送っていると、しかたのないことなのかもしれなかった。いまどきの人と違って、コンピューターなど利用することもないに違いないし、もしかしたら何かの事情で日本とは縁を切ってしまったのかもしれない。

それでもキヨコさんの話は俳句か詩の朗読を聞くようで、私には彼女の言わんとすることがとてもよくわかった。

ひと通り話が済んで、二人でにっこり黙って頷き合う。

イタリアのホクサイは、私たちの様子をこれまた嬉しそうに眺めながら、

「いやあ、やはり日本人どうしだとよくおわかりになれるようで、よかった。キヨコは、すばらしい書道家であられる」

どうです、と見せてくれた半紙には、流れるような達筆で日本文字が書かれてあった。

「運命としか思えません」

リグストロの話は、さて、長そうである。

「オイル工場用の機械がうまくいって大いに儲けたものの、出張続きで家にはときどき戻るだけ。子供たち三人は知らないうちに大きくなって、気がつくと趣味もなければ、友達との付き合いどころか家庭での居場所すらない」

キヨコさんはときどき深く頷きながら、脇で静かに話を聞いている。

「六十歳も間近なある日、私は営業先から会社に戻ったとたん、玄関口で倒れました。心筋梗塞でした」

ここからが聞きどころですよ、というふうに、リグストロは深く息を吸って間を置いてみせる。講談のようである。キヨコさんは、すでにこの話を何度も繰り返し聞いているのだろう。止まらずさあ先へどうぞ、と微笑みながら目で続きを促している。

「医者は、『助からないだろう』と家族に告げたそうです。私は、何の苦痛も感じていませんでした。それどころか、〈ああ、やっと〉という大きな安堵感に満たされて、実に幸せな気分でした。危篤状態は、三日間続いたそうです」

もったいをつけるようにそこでまた話を止めて、一同をゆっくり見回す老人。

ピーノは、すでにじれ始めている。席を立って入り口まで行き、半身だけ外に出して煙草を吸い始めた。

『生死の境を経てこの世に戻ってきたところ、〈ホクサイ〉になっていた』という筋らしい。いかにも出来過ぎた話ではないか。

「それでね、ワタクシが呼ばれましたのよ」

こちらの気がそれたのを見透かしたように、それまで黙って聞いていたキヨコさんが、手にしていたふろしき包みをおもむろにほどいて、中から筒状に巻いた和紙を取り出した。

宝物でも紐解くようにキヨコさんがそうっと広げたその和紙には、墨汁で無数の小鳥が描かれてあった。その絵が上手なのか下手なのか私にはわからず、反応に困っておそるおそるピーノを見る。ピーノは美大出身で、彫刻史を専攻した博識である。しかし、ピーノはあさっての方向を向いている。

「どうです、なかなかニッポンでしょう、これは」

こほんと軽く喉を鳴らしてから、厳かな様子でリグストロは言う。よく見ると、小鳥の群の下方に小さな文字で何か書かれている。

『われと来て遊べや親のない雀』

これは……。〈そうです、ワタクシ〉と、黙って頷きながらキヨコさんはにこにこしている。

「危篤状態を脱して意識が戻ったとたん、鼻やら腕やらあちこちに管をつけたまま、ついさっきまで死にかけだったというのに、信じがたい力がみなぎりましてね。やみくもに『ぜひ描かねばならん』と思った。検温に来た看護婦に身振り手振りでボールペンをねだり、枕元にあったティッシュペーパーも取ってもらって、寝たままでそこへ絵を描いたのです」

そういいながら、机の引き出しからファイルを取り出して、大切そうに見せてくれたその記念すべきティッシュにも、やはり鳥らしきものが描かれていた。

「仕事に明け暮れて、絵を描くなんてもちろんのこと、美術館にすら行ったことがないような無粋な男でしたから、自分でもなぜ急に絵を描きたくなったのか、わけがわかりません。色などいらない、モノクロの絵が描きたい。鉛筆ではなくて、墨に限る。鳥の次は、蛙です。その次は兎」

一茶の次は、『鳥獣戯画』ですか……。

「退院して、オイル製造機械の仕事からはきっぱり引退し、無我夢中で絵を描く毎日が始まりました。紙を前にすると、内側から描きたい欲望が突き上げてきて、手が勝手に動くのです。そのままに描いてみると、それまで私が見たこともないような異国の風景やら動物、草花がそこに出来上がっている。家内は気味悪がり、息子は精神科のカウンセリングを受けるよう勧めました」

「『父がおかしくなったみたい』と、その頃にリグストロのお嬢さんから相談を受けまして」

キヨコさんが話し始めた。龍宮城へ入って行くような気持になって、私は座り直す。

長い、それは長い話を聞き終えて、ピーノと私が工房を後にしたとき、外はもうすっかり暗くなっていた。

イタリア語でもない日本語でもないキヨコさんの話を聞きながら、気がついたら五時間が経過していた。その独特な散文調の語り口もあって、ただでさえ不可思議な内容にさらに輪がかかり、ピーノと私は魂を抜かれたようになってしまい、雑談を交わすための言葉も気力もない。

キヨコさんは、関東の由緒正しき一族の令嬢だったらしい。宮家にも出入りを許される家柄で、「葉山で、殿下と浜遊びしておりました」という幼少時代を送る。特にそれをひけらかすでもなく、紛い話でもなさそうで、ただ自分はそういう境遇に生まれて育ちました、という事実を淡々と話すばかりである。キヨコさんにとっては、むしろその後、自ら選んだ人生の展開のほうが聞いてもらいたい、自慢したい話なのだった。

幼い頃から芸術全般に興味があって、あるとき美術書を見ていてイタリアのモザイクに出会う。「文化的雷が頭上に落ちまして、ほほほ」。親を説得して、イタリアのラヴェンナという古都へ留学を決める。何人かの御供も従えての洋行だったらしい。当時、キヨコさんのような家庭環境では、それはとても特異で重大な意味を持ったのではなかったろうか。祖国とキヨコさんの縁はぷっつり切れたままらしいが、それもこの渡航のときからだったのかもしれない。

ラヴェンナへ渡ることになってその後、日本の家族とはどうなったのか、どういういきさつを経てイタリアへ遊学できることになったのか、ラヴェンナのどういうところに暮らしていたのか、私はあれこれ懸命に尋ねてみたのだが、キヨコさんはただにこにこするばかりで、そのどれにも答えてはくれなかった。

イタリアに着いて、各地でモザイクを見て回る生活が始まった。七十を越える今でも、見とれるようなしとやかさに満ちた女性である。五十年前は、どれほどの華やかさだったろう。凡庸とは一線を画す、神々しい美しさだったのではないか。さきほど工房の入り口で静かに立っているキヨコさんを見たとき、逆光が後光のように見えたが、その身の上をきいて、なるほどと納得する。

さて、あるときキヨコさんはいつものように美術鑑賞の旅に出かけて、教会でモザイクに見とれていた。すると、背後から声をかける人がいる。

振り返ると、いかにも気難しそうな男性がいて、自分は音楽家だ、という。ピアノを演奏するからよかったら聞きに来ないか、と招待を受けた。

「ひどくご機嫌の悪そうな方でしてね、ご招待いただくというよりは命令された、という印象でした」

音楽も愛するキヨコさんはもちろん喜んで承諾して、御供を連れて演奏会に出かけていった。渋面の音楽家は、アルトゥーロ・ベネデッティ・ミケランジェリ本人だった。キヨコさんは当時、彼が国内外に有名な天才ピアニストだということを知らなかった。しかし、有名だろうがなかろうが、世俗を超越しているキヨコさんにとってはどちらでもよいことだった。演奏を聞き終えて、キヨコさんは純粋に心打たれて座っていると、巨匠のほうから礼にやってきた。

「もしよかったらあなた、これからもときどき私の練習を聞きに来てもらえないだろうか」

気難しいことで有名でもあったピアニストは、キヨコさんにそう頼んだのである。「できれば、着物でいらしていただきたい」

それから数年にわたって、キヨコさんの不思議な芸術巡業の生活が始まった。モザイクを勉強するかたわら、巨匠に同行し各地を巡る。着物を着て、練習を聴く。そうすると巨匠は、

た。
「キヨコがいると、天使がピアノの上を飛ぶ」
と言って喜ぶのである。笑わない芸術家が、キヨコさんの前では心からくつろぐ様子を見せた。

周囲は、この奇妙な二人についてあらん限りのうわさ話をしたが、「天使は、私にも見えましたのよ」と、キヨコさんにとっても至福の時代だった。

まもなくキヨコさんは、〈ベネデッティ・ミケランジェリの天使〉と呼ばれるようになり、サロンでは知る人ぞ知る有名人となった。

そしてある日、ジェノヴァの演奏会でこの天使を見たイタリア海軍の大尉は、「頭上に落雷を受けて」キヨコさんに求婚。キヨコさんの、モザイクとピアノ演奏会を巡る芸術の旅は、それで終了した。

大尉はインペリアの町の高台に新居を定めて、東洋の天使と暮らし始めた。キヨコさんは結局、その後一度もインペリアから出たことがない。

ご近所からせがまれてそのうち、キヨコさんは生け花や書道、折り紙などを自宅で教えるようになった。新居からの見晴らしはすばらしかったものの、中世の建築物のためエレベーターはなく、最上階の七階まで階段である。習い事にやってくる主婦たちは、「これじゃあ、塔の中に閉じ込められた姫のようね」とからかった。大尉は、天使が再びピアノの上に舞い戻って行ってしまうのを恐れたのかもしれない。

その生け花の生徒のなかに、北斎リグストロの娘がたまたまいた。花を生けながら、病後の父親の言動がおかしくなったことを心配している生徒の話を聞いて、キヨコさんは切に見舞いたいと思った。そして、二人は対面する。

その日も変わらず一心不乱に墨で絵を描いていたリグストロは、工房を訪れたキヨコさんを一目見るなり、

「ああ、よくぞいらしてくださいました」

と、抱きつかんばかりに喜んだ。そして挨拶もそこそこに、

「ひとつ、ここへお願いします」

そう言ってリグストロがいきなり筆を渡すと、キヨコさんもごく当然のように筆を受け取り、

『われと来て遊べや親のない雀』

余白にすらすらとしたためたのだった。家族にも見せたことがない嬉しそうな顔をして、父親が子供のようにキヨコさんの前ではしゃいでいるのを見て、最初のうち娘は当惑したが、とりたててどうこう言うことでもなし。キヨコさんの周りには、天使が飛び回るようになっているらしい。

「それからというもの、私が絵を描いてはキヨコがそこへ俳句や短歌をしたためる、というこ

とになりまして」

描きたい気持ちは強いが色にはまったく関心がなく、来る日も来る日も手が動くままに墨汁でばかり描いていた。なぜ白黒ばかりで描きたいのか、自分でもよくわからない。どうせなら、自分なりの作風を作ってみたい。そう漠然と思っていたところ、知人が「サンレモに中国ふうの絵を描く男がいるらしい」と知らせてくれた。

海辺で待ち合わせて会ってみると、その男はイタリア語がまったく通じない生粋の大陸中国人だった。なぜその男が、イタリア語もできないのにサンレモで絵を描いていたのか。そしてまったく接点のない二人が、なぜこのときサンレモで会うことになったのか。誰にも説明できない偶然が重なって、とにかく二人は浜で対面する運びとなったのである。あらかじめ示し合わせたかのようにそれぞれが筒を持参していて、そこから巻いた和紙を出して広げてみて、おおう、と二人は揃って声を上げた。

二枚とも墨絵だったから。そしてどちらの絵にも〈雀〉が描かれていたからである。

「私は、矢も盾もたまらない気持になって、素性もわからぬ中国人をそのままうちに連れて帰ることに決めたのです。宿と食事を提供する代わりに、絵の手ほどきを頼みました。ことばはわからないのに気持ちはすっかり通じて、私たちはここへ並んで座り、朝から晩まで夢中で描きました。

三ヶ月ほど経ったある日のこと、その中国人はおもむろに、『今日からは、私があなたのことを〈師匠〉と呼ばせていただきます』と言い、私に深々お辞儀をするではありませんか。教えることは終わった、というような意味だったのでしょうか。しばらくすると彼は荷物をまとめて、何も言わずに去っていってしまった」

リグストロは、次なる目標を探さなければ、と躍起になった。ジェノヴァまで出かけていって市内の古書店をくまなく見て歩いているうち、いよいよ運命の出会いを体験する。

「歩き疲れて、ふと目に入った美術館らしき建物にふらりと立ち寄りました。それが、キオッソーネ美術館だったのです」

機械技師として無趣味で仕事一辺倒だったリグストロは長らく、美術はもちろん読書にも音楽にも興味がなかった。当然、世界的に有名な東洋美術のコレクター、エドアルド・キオッソーネがリグリアの出身で、ジェノヴァにその記念美術館があることも知らなかったのである。

美術館に一歩入って、リグストロの足は震えた。

目の前には、かつて目にしたこともない東洋の作品が多数展示してあった。その中の一枚が、自分を呼んでいるのがわかった。引き寄せられるようにして、リグストロはその絵の前へ立った。葛飾北斎、とあった。

「版画の前に立って、私は知らないうちに泣いておりました。『お久しぶりでした』何もわからぬままにも、頭を下げて挨拶しました。どのくらいそこに立っていたでしょう。その日どのようにして家まで帰ったのか、よく覚えていません」

インペリアに戻るや、興奮してキヨコさんに事の顚末を報告したところ、

「きっとやり残したことがたくさんあって、北斎先生はあなたにそれを託したいのでしょう」

と返事をしたのである。

それからのリグストロは、浮世絵はもちろん版画の存在すら知らなかったのに、いきなり木版画の世界に没頭する。

墨絵のときと同じだった。何の知識も技術もないのに、勝手に手が動く。自分でも薄気味悪いものの、やれ彫刻刀だの、版木だの、和紙などが勝手にリグストロのところに吸い寄せられるようにして集まり始めて、版画の準備がどんどん整っていく。あとは、彫るだけとなった。

「あんな不思議な体験をしたことは、後にも先にもありません。木版画など見たことも聞いたこともなかったのに、どうすれば色を重ねることが出来るのか、その印刷方法まではっきり頭に浮かんだのです。『おい、あとは修練あるのみだぞ』という声もする。誰かが自分の中にいる。そうか、北斎さんがやってきたのだな。なぜかそう、はっきりとわかったのです」

リグストロは家には食事と寝に戻るだけで、あとは日がな一日、工房に籠って彫り続けるようになる。

未知の風景が、次々と頭に浮かぶ。それまで見たことのない草花が、まばゆい色と形ではっきりと目の前に迫ってくる。霧のかかった深い渓谷。広い河川。異国の旅人たち。浮かぶ三日月。手鏡で化粧する東洋の女。水鉢に泳ぐ金魚。空を舞う蝶々。

幻影を追いかけるようにして彫っていると、リグストロは版画の中の世界に旅立っていくような錯覚を覚えるのだった。

「それはなんとも、すばらしい体験でした。北斎先生、今度はいったいどこへ連れていってくれるのだろう。毎朝ぞくぞくするような気持で目を覚まし、床につくまで目くるめく冒険の連続でした。もはや正気ではないことは、自分でもよくわかっていました」

一心不乱に彫り続けるリグストロを見て、「きっと悪魔に魂を奪われてしまったに違いない」と周囲は心配し、そのうち皆、怖がってだんだん寄り付かないようになっていった。それでもキヨコさんだけは毎日欠かさず工房を訪れて、刷り上がった絵をじっと見ては、静かに一句を書にして残していくのだった。

孤高のリグストロ。下絵を描いては、彫り。彫っては、刷り。やがて作品は、軽く千点を越えた。

その日も早朝から彫っていると、ジェノヴァの港湾警察から電話があった。「先週ヨコハマから入港した貨物船に、引き取り人不明の荷物がありまして。内容物を調べたところ、原材料は植物性らしい粉が出てきたのですが、正確な成分や用途がよくわからず税関が対処に難儀しています」

オリーブオイルのメーカーとなってからというもの、海外との輸出入業務も増えていて、港湾の税関とは問い合わせや検査で往来が頻繁にあった。技術屋あがりの几帳面な性格と仕事熱心なリグストロは、地元では各方面から信頼が篤かった。

リグストロは税関からの電話を受けながら、心臓が喉から飛び出るのではないか、というくらいに興奮していた。

「『来たぞ、ついに』私は受話器を握りしめたまま、歓喜のあまり思わずその場で跳ね上がりました。実はその数日前から、私はある種の色をうまく紙に乗せられず、とても悩んでいました。刷り終わると変色してしまったり、色がきれいに刷り上がらない。何かを色粉に混ぜればいいのではないか。漠然と想像はするものの、それが何なのか皆目見当がつかない。『北斎先生、助けてください』。だから港湾の税関から問い合わせを受けるや、すぐにぴんと来たのです」

隣で話を聞いていたピーノが、ごくりと唾をのむ。

「検査してみるとその粉の正体は、うるしの樹液を乾燥させたものだとわかりました。なぜジェノヴァにその荷物が着いたのか。記載されていた宛先は実在せず、しかも発送元も不明でした。粉は、麻薬でもなく危険な薬品でもなかった。『もしこのまま廃棄処分にするのなら、どうか私にこれを譲ってもらえないだろうか』そう、おそるおそる税関にお願いしてみたのです。そんなことが許されないことは、承知の上でしたけれど」

リグストロは立ち上がって、背後の本棚の上のほうに置いてあった紙包みをそうっと下ろし、「これをご覧あれ」と広げてみせた。

そこには、大海原を爽快に走る帆船に青空を舞う無数のカモメ、その上空にはまばゆい黄金色の光線を投げる太陽が描かれてあった。その風景は、澄み切った明るいイタリアの光景だった。さきほどピーノと並んで防波堤から見た、このインペリアの沖合のように見えた。

「この金粉がね、接着効果を持つうるしを混ぜたおかげで、飛ばずに紙にうまく乗ったのです。税関がそのとき、規則を無視して譲ってくれた粉は、私がこの先、生きている限り、毎日使ってもあり余るほどの量がありました。そしてさらに不思議だったのは、この金色の太陽を刷り上げた後、描こうと思う画題がすべてリグリアの風景へと変わったことでした」

「北斎先生、本当によろしゅうございましたわね。インペリアまで遠出なさったかいがあったじゃございませんこと？」

突然、キヨコさんがよどみない日本語で、奥の自画像に向かってそう言った。それは天から聞こえてくるような、清らかな日本語だった。

その日ピーノが暗くなった工房で無言でシャッターを切ったのは、ただ一点だけだった。

写真の中のリグストロの目の奥には、〈よくぞ、ここまでいらしてくださった〉。そう安堵して微笑む、元祖 葛飾北斎の眼光が重なっていた。

僕とタンゴを踊ってくれたら

誘われて、踊りに行くことになった。

といっても、行き先は市内のクラブではなく、田舎のダンスホールだという。ミラノから南東に下って六十キロほどのところに、ピアチェンツァという町がある。そこからさらに郊外の丘陵地帯にダンスホールはあるらしい。

ピアチェンツァの一帯は、イタリア最長のポー川が流れ、広大な肥えた平地を抱く、国内でも有数な豊かな農業地帯として知られる。トマトやジャガイモなどさまざまな野菜から、生ハム用の養豚場にパルメザンチーズ工場、ワイン用の葡萄畑と、あたかもイタリア食材図鑑を開くようなところなのである。そうした田舎の風景とダンスは、どうも頭のなかでうまく結びつかなかったが、遠足気分で出かけてみることにした。

五月。すでに夏時間で夜八時近くになっても外はまだ十分に明るく、屋外であれこれと楽しめる。ダンスホールが開くのは日がすっかり暮れてから、というので、ならば現地で夕食も、ということになった。

夕方六時に、誘ってくれた女友達と待ち合わせて、車でミラノを出る。

高速道路に向かう環状道路は、ひどく渋滞している。仕事を終えて帰宅する車ばかりかと思っていたら、ほとんどの車が高速へいっしょに入ってくる。横に並ぶ車を見ると、車内の大半はカップル、あるいは運転する夫に妻、子供、犬という面子《メンツ》である。そしてどの顔ものんびりとしている。仕事を終えその足で家族を乗せ、週末を過ごしにミラノの外へと出かけていくところらしい。

「不景気など、どこ吹く風でしょ。なんだかんだ言っても、海や山、湖畔に別荘持っている人たちがけっこう多いのよ」

友人ヴェルディアーナは巧みなハンドルさばきで、追い越し車線に入ったり出たりしながら言う。

今日は一日、まるでもう真夏のような陽気だった。慢性的な交通渋滞と盆地という地形のせいで、ミラノの大気汚染は深刻である。五月だというのにじっとりと暑く、そして町には風が通り抜けない。昨日の汚れた空気は、入れ替わることなく今日も辺りに残っている。湿気と汗と排気ガスがまとわりつくようで、息苦しい。

うっとうしい気候だけではない。ミラノには悠然と歩いている人が少なく、みな慌しく一日じゅう四方八方を駆け回っていて、居づらい気持ちになることが多い。

朝出社すると、すぐに外回り、まず銀行、次に郵便局、昼までに税理士とそれから弁護士事務所に寄って、市電を待つ間にベビーシッターに電話しておかなくては、「学校に子供を迎えに行って、帰路おやつを食べさせ、サッカーの練習と歯医者ね」、あ、そうだ、「犬に餌もやっておいて」、会社にいったん戻り、一件アポ、昼食。バールでサンドイッチ、MP3で昨日録音した曲を聞きながらドゥオーモ広場へ歩き、時間があけば話題の展覧会をのぞいて、もう昼休みはおしまい。外で打ち合わせ、メール確認、退社。今夕は映画か、芝居もいいかも、ミュージカルね、七月のコンサートの予約をしておかなければ、そうだ明日は出張だった、クリーニング店へ背広を取りに行き、車に入れ、そのままテニス仲間とアペリティフ、それから家、シャワー、着替えて夕食、えっと誰と食べるのだったっけ。前妻か、いや恋人だったかな。その前に子供たちをおばあちゃんの家に預けに行かないと。

という具合である。

自営もサラリーマンも、既婚者も単身者も皆、やたらと用事を抱えている。二つの携帯電話を両耳にあてながら、小走りに行く人もいる。

そういう具合だから、ようやく金曜にたどり着く頃には皆、ぜいぜいと肩で息をしているような按配なのである。しかし本当にそれほど忙しいのかというと実はそうでもなく、ミラノ人には自らあえて用件を増やしているようなところもある。

昔からミラノは、働き者の町だった。ドゥオーモの尖塔を飾る黄金のマリア像は、ミラノの働く女性の象徴であり支えであった。時代は移って、暇は貧乏、貧乏は弱者、弱者はミラノにいる資格なし、という風潮が強くなっている。のんびり町中を散歩していては、後ろから走ってくる人たちに突き飛ばされるような空気がこの町には流れている。

「一刻も早く町を出たいのよ、皆。それに週末を外で過ごせるのは、甲斐性がある証拠でしょ」

こうして金曜夕刻の高速道路は、一週間、懸命に動き回ったミラノ人で溢れることになる。

ヴェルディアーナは、外資系の大手広告代理店に勤めるコピーライターである。パスタから自動車など、誰もが知っている商品の名付けの親であり、最優秀広告大賞を何度も取っている。イタリアの最新情報と感度を凝縮したような女性なのである。

五十八歳。明るく栗色に染めた短髪を引き立てるように、今日は真っ赤なサブリナパンツに体にぴったりはりつくような黒のTシャツ姿である。〈I ♥ TANGO〉とラメ入りの糸で胸元いっぱいに刺繍が施されており、まぶしい。ヴェルディアーナのような職業の女性には、年齢はあってないようなもので、若い女性でも躊躇するような派手な恰好なのに、そつなく着こなしている。

今、車で走っている道は、彼女がこの三十年間、毎日通い慣れた道である。ピアチェンツァまでの道のりは見渡す限りの平地で、ポー川からの湿気をたっぷり含んでいる。冬は視界ゼロに近い濃霧が立ちこめ、夏はタイガーと異名を持つ、生命力の強い巨大な蚊が大発生する。イタリアの胃袋を支える地とはいえ、そうそうロマンティックな田園風景ばかりではない。

三十年前、そういう土地にヴェルディアーナは、家を買った。家が体裁を整えたのは、購入してから十五年以上も経ってのことである。売りに出ていたその家を見つけたときは、三辺の壁の名残はあるものの四辺目の壁面は崩れて無く、屋根も半分以上は腐れ落ちていて、大掛かりな修復をしなければ、とても住めた代物ではなかったからである。

それでもヴェルディアーナは嬉しくて、「中世の荘園領主の屋敷を買ったのよ」と周囲に得意になって話し、そのうち毎夏その家の中庭で自分の誕生日を祝うようになった。

荘園領主の元屋敷は、所有農地が見渡せる丘の上にある。ぐるり三百六十度にさまざまな農作物が植えられていて、季節を通じて耕作地は緑から赤や黄色、茶色へと変化して、大きさや色の異なる絨毯を敷き詰めたようで美しい。

まだ駆け出しのコピーライターだったヴェルディアーナは、同僚、先輩に顧客、業者と、大勢の関係者を自慢のわが家へ招待した。パーティー会場の中庭を取り囲んでいる瓦礫の山こそが、実は荘園領主の屋敷だと気づく客は誰もいなかった。

若いのにやるじゃないか。ただの田舎だと思っていたが、この辺り、なかなか面白いな。ミラノとは別世界だ。子供を連れてきたら喜ぶだろう。次のコマーシャル撮影で使えるかも。またヴェルディアーナに会いたいものだ。ミラノに戻ったら連絡してみようか。

招待した客たちはどの人も喜び、再会を約束してミラノへ帰っていったのである。

ヴェルディアーナがそこまで計算していたのかどうかは不明だが、意表をつく田舎でのパーティーのおかげで、数年のうちに広く太い人脈ができた。そもそもイタリアでは、縁故がないと仕事を取るのはたやすいことではない。しかし逆にひとこと知己からの口添えがあれば、たいてい物事の運びが楽になる。もともと実力もあったヴェルディアーナは、増え続ける縁故と口添えのおかげもあって、着実に出世した。

中世の家を買うために全財産をはたいたうえにローンも組んだので、ミラノの賃貸アパートは畳んで生活の拠点を田舎へ移して、毎日田舎の家からミラノの仕事場まで通うことになった。懸命に働けば、そのうち荘園領主の気分が味わえる家へと修復できるのだ。そう想像するだけで興奮して、濃霧も蚊も渋滞も、苦痛ではなかった。

とにかくそこで暮らすために必要最低限の台所とトイレの水回り、寝室の上の屋根くらいは作らねば。

ところがどんな田舎とはいえ、物件は中世の建築物である。当局の許可なしに勝手にあれこれ修理や改築することなど、許されない。

まず、修復の申請を最寄りの役場へ出す。申請書は、村役場から県庁へ、県庁から文化省へ、さらに文化省の遺跡保護管轄の担当局へと上がっていき、審議された後、再び同じ過程を逆行して下りてくる。

気の遠くなるような、書類と交渉の行ったり来たりを繰り返した末にやっと、改築や修復工事が始まる。ヴェルディアーナの家が、瓦礫状態で購入してから十五年ほど経ってようやく、壁も屋根も玄関も揃った立派な屋敷へと生まれ変わったのには、そういう事情もあった。しかし、書類や許可申請ばかりに時間がかかったわけでもなかった。工務店を呼べるようになったのは収入が安定してからのことであり、それまでは近所の農家の人たちや友人たちにも助けを乞うて、少しずつ手作業でコツコツと工事を進めてきたからである。

家が少しずつ形を成して行くのと並行して、ヴェルディアーナの人生にも変化があった。結婚、出産、別居。完成した直後に、離婚。

息子も独立して一人の生活に再び戻ったときに、夢の家は完成した。

「まあ、いいような悪いようなものね。環境抜群で、家を独り占めできて領主気分だけれど、あまりに広すぎて掃除や手入れが大変よ」

さばけた調子で言い、大笑いしている。

車は高速を下りて、どこまでも広がる農地の真ん中をまっすぐに突き抜けていく。畦道《あぜみち》を走る。そのうち前方に、柔らかい曲線の丘が見えて来た。ミラノ市内からほんの一時間で、なんと景色の違うことだろう。

空気の悪いミラノを出るまでは窓を閉めてクーラーだったが、農道に入ってすぐに車の窓を大きく開ける。車外から、堆肥の匂いを含んだ甘い土の香りが勢いよく流れ込んでくる。風は冷たくもなく、蒸れてもいない。初夏五月、夕刻の澄み切った空気だった。

「ここよ」

車が停まったのは、広大な農地のど真ん中だった。ダンスホールは、と見回すが、建物などどこにもない。あるのは、どこまでも続く農地だけ。地面が掘り返してあり、休耕地らしかった。

かなり離れたところで、大勢の人が動いているのが見えた。椅子やテーブルを運ぶ人も見える。白いエプロンを着けた人たちもいる。何本か、煙も立ち上っている。

ヴェルディアーナは、身軽にその均《なら》したての空き地を人のいるほうへ向かって走って行く。五、六十人はいるだろうか。仮設の厨房がそこにはあって、老いも若きも懸命にいろいろな作業をしているところだった。年配の男性がかけ声とともに、大胆に手早く肉や野菜をぶつ切りにしていく。その隣では、女子高校生くらいの子が二人がかりで、切られて山盛りになっていく肉片と野菜を次々と串刺しにしている。肉からは血が滴って表面がつややかに光り、ピーマンやニンジン、タマネギの切り口は瑞々《みずみず》しい。

肉片の出どころはこれだぞ、というように、奥にいる中年の男性が、皮をはいだばかりの豚一頭を両手で軽々と頭上に持ち上げて、こちらに見せてくれる。

「子豚だからね、十五キロそこそこよ」

度肝を抜かれている私に、ヴェルディアーナが紙コップに入れた赤ワインを渡してくれる。

厨房は仮設とはいえ、効率よくできている。コンロだけでも二十個はあるだろう。それぞれの火元担当者が、二十種類の料理にとりかかっている。どの人も忙しそうだが、あちこちから絶え間なく笑い声が上がる。

一帯は、豚の産地である。生ハムから熟成ハム、サラミソーセージといった加工肉に始まって、多様な郷土豚料理がある。

豚肉は豆との相性がいい。やや酸味のある地元産のトマトでウズラ豆と豚肉を煮込み、そこへ耳たぶ大の、粉を水で練っただけの簡素な手打ちパスタを加える。それぞれはつつましい食材ながらも、組み合わさると無敵の味わいとなる。

「これがまた、たまらないわ」

それきりヴェルディアーナの声がしないので、振り向いて見ると、また違うパスタの入った皿を手に頬張っている。それは薄く伸ばした手打ちの麺の中に、その朝できたばかりのチーズと大葉のような、つまりどこにでも生えている旬の葉野菜を茹でて潰したものを混ぜ合わせた具入りのパスタである。一口大に切ったパスタの皮の中に、具を包み込み両脇をギュッと捻ってある。紙にくるまれたキャンディのようだ。どれどれ。茹で上がったパスタは、ざっと卸しチーズがかかっているだけの、あっさりした見かけである。ところが一口食べてみると、麺の中から大葉が育った土壌の芳醇さが飛び出して、瞬時に口じゅうに新緑が広がるような味わいなのだった。

そこあぶないよ、ちょっとどいて。人の往来はさらに増え、準備は進む。厨房の奥に積み上げられた箱は、ワインである。

「一晩、三千本は空くのでね」

箱の数を数えている私に、ワイン担当者が教えてくれる。

焼きたてのケーキやジャムの載ったビスケットなど、手作りの菓子の一角も見える。

厨房から少し離れたところで、さかんに揚げ物をしている人がある。側に寄ってじっくり見ても、いったい何の揚げものなのか、その正体がわからない。立ちのぼる煙は濃厚で、揚げているその五十過ぎの男性は、どうやら料理の達人らしかった。厨房から他の料理担当者たちが入れ代わり立ち代わり、料理のコツを聞きにきている。

「あら、エンツォじゃないの。ツイてるわ、今晩の揚げ物担当がエンツォだなんて」

ヴェルディアーナが走って近寄ると、エンツォは揚げものをしていた手をいったん止めて、鍋の前へ飛び出してきて、いきなりヴェルディアーナを抱き寄せたかと思うと、その次の瞬間には体をのけぞらせるように彼女を倒し、タンゴの最後のポーズを決めて見せた。

ぴゅう、ぴい、と四方八方から飛ぶ口笛と喝采。この二人、どうも村では有名なダンスカップルらしい。

初めまして。私、ダンスは初めてで。村に来るのも初めてです。

「そうか、なら今晩はじっくり手ほどきしてあげるから」

ハアッ、エンツォは威勢をつけるように短く叫んでからにっこりこちらを見て、再び鍋の前に戻っていく。

次々と揚がってくるのは、ふくらし粉の入ったパン生地を揚げたものである。エンツォの手にかかると、親指の頭くらいの小さな玉に練りまとめた粉がぷっくりとテニスボールくらいまで膨らみ揚がる。キツネ色に揚がったそのパンをすぐ、あっちっちと手で割って、その空洞にサラミの薄切りを二枚、三枚と挟んで、口に放り込む。揚げたてのパンの余熱で、サラミがゆるゆると溶けていく。揚げ油はもちろん、ラードが溶けたものである。そんな食べ物は体に悪いことこの上ないが、

「脂は油で溶かせ、っていうんだよ」

はっはっはと、エンツォから次々とその揚げたての玉を渡されて、頬張らない人がいるだろうか。

はい、とタイミングよく、ヴェルディアーナがワインのお代わりを差し出してくれる。熱々を頬張って、よく冷えた発泡赤ワインを飲む。

「これもまあ、参考までに食べておきなさい」

次に揚がってきたものは、さらに正体がわからない。ひとかじりすると、次を噛まないうちにそれは舌先あたりで溶けてしまう。感想の言葉が見つからず、ただ唸るばかり。

「兄弟揚げ、と言うかね。ラードの薄切りをラード油で揚げたものなんだよ」

輪をかけての悪食であるが、かりっとしたその香ばしさは次の一口を呼んで、もう止まらない。揚げものは、目の前で食べてこそ。切れ目なく赤ワインを飲むので、胃もたれする隙がない。

そうこうするうちに、四人がけのベンチとテーブルがどんどん運び込まれて、厨房の前にはちょっとした屋外食堂ができあがった。席数は、ざっと五百あまりはあるだろうか。その向こうに、板敷きの空間が作られている。

そここそが、今晩のダンスホールなのだった。村の祭りである。中年の女性が数人で手分けして、その板敷きの広い舞台に足下の滑りをよくするために粉を撒いている。ちょっと飲んで、とヴェルディアーナは言い残し、車に乗ってどこかに行ってしまった。

エンツォに紹介してもらった村の人たちは親切で、涼しい夕刻の風に吹かれながら見知らぬ人と相席して飲み食いを続けるうちに、すっかり極楽気分になる。イライラに追いかけられるようなミラノとは、別天地である。

薄暮の頃になって、マイクのテストが始まった。

「あーあー、ただいまマイクのテスト中」と若い女性の声が響くと、皆、作業の手を休めて顔をあげ、いよいよかと嬉しそうである。子供はすっかり興奮して、歓声をあげながら、意味なくベンチ脇の広大な耕地を走り回っている。

暮れる前の会場には、豚肉を焼く匂い、エンツォのハアッというかけ声、揚げ物から立つ薄い煙、ときおりポンと鳴るワインの栓抜きの音、パスタの湯気が混ざって、初めての場所なのに久しぶりのわが家に帰って来たような気持ちになる。

もう五杯は飲んだだろう。少しぽうっとしてきた。ベンチに座ったまま、くるくるとよく働く村の人を見ながら、ヴェルディアーナを待った。

「待たせたわね、ごめんごめん」

目の前に立っている女性が、あのヴェルディアーナだと気づくのに数秒かかった。すっかり衣装替えして、別人である。どうよ、というふうに得意げな様子でその場でくるりと回って見せてくれる。

たっぷりとギャザーの入ったくるぶしまでのスカートが、ふわり、と円形に開いて、花のようである。紫色と黄色の縞模様だ。短髪からくるりと出た耳には、深い緑色の大ぶりのイヤリングが揺れている。

五十八歳だったっけ。私はその変貌にただ驚いて、言葉もなく見とれている。

「ほほう、今年のスカートもいいねえ。早くお相手、お願いしたいですなあ」

感に堪えない、という表情で褒め讃えるのは、七十はとうに過ぎているだろう、腰の曲がったおじいさんである。奥で先ほどまでフライドポテトを担当をしていた人に違いない。なかなか言うな、と私はさらに驚いて、まじまじとその老人の顔を見ていると、

「ヴェルディアーナと踊るのは、村祭りに来る皆の夢でね。毎年、順番待ちですよ。でもタン

ゴだけは、誰も相手にしてもらえない。エンツォが独り占めなんだ」

いかにも無念、という顔をしてその老人はワインを飲んだ。

わずかな間に集まってきた数人の熟年男性たちが、ヴェルディアーナの周りを取り囲んで、そのまま揃って踊り場へと移動していく。女王様が到着して、いよいよ村のダンスホールの開場である。


その晩、そこで目にした光景は、過去に見たどんな映画のシーンよりも劇的で不思議なものだった。私は、自分がもしかしたらワインに酔って眠ってしまい夢でも見ているのではないか、と何度も自分で顔を叩いたりつねったりしたくらいである。

つい先ほどマイクのテストをしていた女性は、歌手だった。いつのまにか舞台用の衣装に着替えている。胸の大きく開いた黒いブラウスに、やはり黒い総レースのロングスカートで、十五センチはあるだろう、ピンポイントのハイヒールである。睫毛《まつげ》は濃く黒く目は緑色で、長くうねる黒髪の中から、観客をじっと見つめると、まるで獲物を狙う豹のようである。餌食にしてください、とばかりにそれまで椅子に座って平穏にサラミなど食べていた男性たちが、どっと踊り場へと集まり寄ってくる。

よく伸びる、高くない声で歌い出す。ルンバだ。

「アンカラーノ村の皆さん、お久しぶり！　今宵も楽しく夏開きをしましょう。さあ、次、チャチャチャいきますよ」

彼女がそう言い終えるや、背後のバンド陣がいっせいに立ち上がり、アコーデオンや打楽器を抱えて、数歩前に出てきてチャチャチャのリズムを弾き始める。

楽器どうしの音合わせが、微妙にずれているのがいかにも地方行脚のバンドというふうで垢抜けせず、心が躍る一方でまた何とも切ない気持ちになるのだった。

アコーデオンを懸命に演奏している中年の男性は、歌手の恋人なのだろうか。ときおり二人は舞台で絡み合うようにして、歌いながら踊り、踊りながら鍵盤にめまぐるしく指を滑らせている。蛇腹に空気が入り込むその瞬間、演奏するその男も大きく息をいっしょに吸い込んでいて、楽器も息を弾ませているように見える。

演奏が続く舞台では、もう百人を越える男女が踊っている。

ヴェルディアーナの衣装に驚いたのは、私の認識不足だったと知る。舞台に上がった村の人たちは皆、いったいどこでその衣装を、と問いたくなるようなダンス用の一張羅をまとい、踊りに没頭しているからである。なにしろ踊る人たちの大半は、六十過ぎである。ときおり三、四十代や学生ふうの人たちも混じって見えるものの、ごく少数派である。

熟年の踊り手たちが、この日をどれほど心待ちにしていたか、その堪えきれない嬉しさが各人の服装からよく伝わってくる。

目の前をくるくると回りながら、小走りの独特のステップで踊っている女性は、七十を越えているだろう。いや、八十代かもしれない。小柄で、艶気《つやけ》はすっかり乾ききっていて枯れ枝を連想させるその女性は、いくら激しく回っても髪の毛が少しも乱れない。ここへ来る前に、美容院に行ったのか。グレーの髪はきれいな曲線で梳《と》かしつけてあり、上からスプレーで乱れないように固めてあるようだった。一方、ステップごとに裾が舞い上がるそのスカートは、絹らしい。薄地なので太ももが透けて見えるのが、枯れた老女とはいえ、なまめかしい。合わせたブラウスもやはり絹で、フリルがあちこちにたっぷり付いている。胸元と耳には、大きく重そうなネックレスと対のイヤリングが揺れている。そしてあれだけ激しいステップを踏むその足は、ハイヒールである。

相手の男性は、スーツを着ている。仕立てはいつの時代なのか。肩に入っている厚いパッドのせいで、動くたびにぶかぶかと上着が肩から飛び出している。しかし、そのペンシルストライプのダークスーツの上着のボタンをきちんと留め、幅広のネクタイをし、やはり二サイズは大きいズボンの下には、ピカピカの黒の革靴が見えている。ハッ、ホォッという声が思わず漏れて、おじいさんは息を弾ませながら、早足のガールフレンドに遅れまいと懸命にステップを踏んでいる。

ワルツが流れると照明は落ちて、踊り舞台には静かにどよめきが起こる。熟年男性たちは、待ってましたとばかりに、ぐっと女性を胸元へ引き寄せる。突然、あたりには濃厚な空気が流れて、直視するのが気恥ずかしい。

フライドポテトの老人はどこだろう、と探すと、いた。もう腰など曲げてはおられぬ、という若々しい足取りで踊っている。

「ちょっと、あの二人を見てごらん」

知らないうちに隣にはエンツォが座っていて、そっと目配せする。

踊り場に向かってベンチの間を歩いてくる、六十半ばくらいのその男性は、白のタキシードで決めている。中に合わせたシャツは薄いピンク色で、人形売り場から借りて来たバービーのボーイフレンドのようである。靴はヒール付きのエナメルで、もちろん白。街ではもちろん、靴屋ですら白のエナメルなど見たことがない。記憶を辿って、そういう恰好を見たのは、ああマフィア映画の中だった、と思い出す。

連れは、一メートル八十はあるメリハリある体つきの女性で、むせ返るような艶っぽさで踊る前から周囲を圧倒している。観客席の男性たちが見惚れているのは、その後ろ姿である。お尻の形がすっかりわかる、ぴったりしたタイトスカートはショッキングピンクで、膝あたりで突然、フラメンコの衣装のように幾重にも層になって裾へと広がっていて、昔の銀幕の女優のようである。

女性の動きはいちいち芝居がかっている。踊り場へと進みながらも、ときどき挑発的な目で周囲を見ながら、スカートの裾をつまみ上げては足を大胆にあげてみせたりする。丸見えになったその太ももには黒いガーターがついていて、黒の網タイツが留められている。彼女のヒールは、いったい何センチなのだろう。スカートが下に下ろされるや、強烈な甘い香りがベンチのほうにまで流れ込んでくる。

髪は黄色に近い金髪で腰まで長く、立て巻きにうねっている。化粧は濃く激しい。唇は不自然なほど肉厚で、いつも半開きになっている。タンクトップを破って外へ弾け出てきそうな胸は、そのまま顎まで迫《せ》り上がってくるほどの迫力である。

同じ女の私ですら、見ているだけで息苦しくなるほどの女っぷりである。男性にしてみたら、卒倒ものだろう。そう思って辺りを見渡すと、集団暗示にかかったような表情をして男性たちは老若すべて、釘付けになっている。その女性の熟れ具合は自然ではなく、ツボを承知した計算ずくの豊艶ぶりである。

素人ではないのでしょう、とエンツォに尋ねたが、にやりとするだけで何も言わない。まずは見ていろ、というふうに目配せするばかりである。

二人は、ダンスホール荒らしなのだった。盗むのは財布ではない。居合わせた人の心を抜け殻にしてしまうのである。楽団までもが手を留めて、じっと二人が踊り場へ入ってくるのを待っている。

滑るようにして、白エナメルの男が踊り場に入ってくると、踊り場にいた大勢の人たちは一斉に下がって、真ん中に丸い空間を作った。そこへその女性が手を引かれて登場。あちこちから拍手が起こる。演奏開始。マズルカだ。

曲が始まってから私は、その二人の足下ばかり見ている。磨き上げられた白のエナメル靴は、巧みに女性のヒールの間を割って入っては、優雅な曲線を縫って横へ前へ後ろへと、ステップを決めて行く。相当に速いテンポだが、二人の息はぴったりと合っていて、一度も足下が乱れることがない。二人が抱き合って踊ると、男性は女性の胸元に顔を埋める恰好になる。全男性は、羨望の眼差しでそれを見ている。

一曲踊り終わると、二人はあっさりとホールを去っていった。ベンチ席のあちこちから、「さよなら、ドン・ルイジ」と挨拶する声が上がった。

「彼はね、数年前までこの近くの教会の神父だったんだよ」

驚くだろ、まったくな、と首を振りながらエンツォが話してくれた。

地元で長らく神父を務めるドン・ルイジのところにある日、信者が相談にやってきた。聞くにひどい身の上で、ブラジルから逃げるようにしてイタリアに来たものの、身寄りもなければ仕事のあてもない、という。その若者ロナウドは見上げるようながっしりした大男だったが、すっかり絶望してそのうちひっそりと泣き出した。親とはぐれた子犬のようで、哀れだった。神父はその男の不遇にすっかり同情し、ちょうど準備中だった村祭りの手伝いに来ないか、と誘う。

「まあ、運命の出会いだったのだろう」

人の良い村人たちは、尊敬する神父の頼みとあっては、もちろん放ってはおけない。それにロナウドは、憂愁たっぷりでなかなかの美男子なのである。若い女性ばかりでなく、おばさんやおばあさんたちも放ってはおかない。こうして、村祭りで皆と踊り、知り合いもでき、なんとか仕事への伝手《つて》もできた。万事めでたし。

楽しかった夜も更けて締めのワルツが流れ始めると、ロナウドは少し躊躇《ためら》いながら、ベンチに座っていたルイジ神父の前まで行き、お願いします、と手を差し出し踊りに誘った。酔いも回っていたし夜も遅く、もちろん神父はその誘いを快く受け、笑いながら席を立って、ロナウドに手を引かれるまま踊り場へ上っていった。

そしてその翌日、神父は教会へ脱会届けを出した。

「次に神父を見たのは、秋祭りだった。ラメ入りのワインレッドのスーツに、黒のエナメルの靴。目を疑ったね。しかも、たいそうボリュームのある女連れだった。それが、あのロナウドだったというわけよ」

以来、二人はちょっとしたスターで、一帯のダンスホールをくまなく巡っては、居合わせる村人たちを毎度、打ちのめしているのだという。ルイジの前人生を引き合いに出して、あれこれ咎める人はいないという。

あの晩、最後のワルツで二人は、自分でも意識していなかった秘密の願望があることに気がついた。運命の引き合わせで出会って、二人は同時に目醒めたのである。いったん気がついたらもう、世間体も将来の心配も二人には関係のないことだった。即刻ルイジは聖衣を脱ぎ捨て、ロナウドはそのまま自分の気持ちに従ったのである。

神父の突然の決意とその後の衝撃的な変貌に、教会はもちろん激怒した。しかしどうだろう。ルイジは場所と方法は変えたものの、人助けを続けているのに変わりはないのではないか。

「それにあれだけうまいダンスを見せてくれれば、もうそれで十分。いい気分だよ」

エンツォは出口へ向かう二人の後ろ姿を見送りながら、そろそろかな、とゆっくり立ちあがった。それを待っていたかのように、アコーデオンが泣くような音を出して、高いキーから一気に転がり落ちてくる旋律を鳴らす。タンゴだ。

わあー。

ベンチ席は、再びどよめく。

踊り場には、ヴェルディアーナがスポットライトを受けるように、中央に一人、立っている。休みなしに踊り続けていたヴェルディアーナは、顔も胸元も汗で光っている。

ハアッ。

エンツォがかけ声とともに側へ走りよって、両手でしっかり抱き寄せてから、思い切りよくヴェルディアーナの背中を支えて、後ろへ倒した。

黄色と紫のスカートが、何回、胸元まで舞い上がっただろう。二人のタンゴは、劇的で目を奪われる激しい踊りぶりだったが、それでも濃密な雰囲気はなかった。相手の出方や技を知り尽くした二人が、まるで格闘技の取り組みをしているようで、清々しく健康的である。客席から見るエンツォは球形のような体つきで、踊る様子は玉に乗ったサーカスの曲芸師が転がり回っているようでもある。アコーデオン奏者は歌手と抱き合うほどに接近して、泣き叫ぶような鍵盤さばきを続けている。演奏は止まらない。何度も繰り返しが続く。皆、この二人といっしょにずっとタンゴを踊っていたいのだった。

かけ声とともに、今一度ヴェルディアーナが後ろへ倒される。高く真上に突き上がる足、一本。ライトを受けて輝く、汗に濡れた白い太もも。

会場はその瞬間しんと静まり返ったが、数秒後にたちまち、どうっと地響きのような歓声がわき上がって、それを合図に村祭りはお開きとなった。

酔いと興奮の余熱を冷ますように、タンゴの二人と私は、厨房を担当していた数人の村人たちとベンチに座っている。すでに夜中の二時を回っていて、私たちの他には誰もいない。農地には闇が広がり、平地の向こうから少し湿った風がときおり刺すように吹いてきて、セーターでも着ていないと寒いくらいである。

「ヴェルディアーナと知り合ったのは、今から十数年前だったかな。やはりこの祭りで会った」

わずかに残っていたビスケットをかじりながら、エンツォが言う。

「溌剌《はつらつ》としていたねえ。僕も若かった。この近くにあばら屋を買って、ミラノから越してきたばかりだという。『一曲相手をしてくれたら、修復工事を手伝うよ』。そう提案をして、さっそく僕は彼女をタンゴに誘った」

当時エンツォは、ピアチェンツァ市内で夜警をしていた。悪くない仕事だったが町中での生活がどうも性に合わず、そろそろ辞めて田舎の生活に戻りたかった。進退を悩んでいたときに、突然目の前に魅力的な女性が現れたのである。ここで踊りに誘って、お近づきにならない手はない。

いいところを見せよう、と意気込み過ぎたのだろう。タンゴの最後の決めのポーズで力一杯ヴェルディアーナを反らせた途端、ブツッと、エンツォの右腕の腱が切れた。

タンゴを踊っていて怪我した、とは書かずに、〈警備中の不慮の事故〉と知己の医者に頼み込んで診断書を書いてもらい、会社の総務課へ報告した。全治六ヶ月。

まもなく、

〈切れた神経は元通りに回復しない怖れもあるため、中度の障害者と認定する〉と、保健所からの連絡が届いた。

エンツォはこの認定書を受け取り、引き換えに退職届けを出した。

「おかげで、夜警をきっぱり辞めて田舎へ戻ってくる決意がついた。腕もしばらくしたら全快した。医者へ診てもらいに行ったが、認定はそのままでよし、という。このあと僕は一生、中度障害の保険扱いになるらしい」

ややこ後ろめたいものの、医者からも役所からも咎めがないのに、わざわざ放棄することもない。

晴れてエンツォは、田舎での気楽な生活と、ちょっとした年金と、なによりダンスの新しい相手役を手に入れたのである。

「タンゴさまさま。ヴェルディアーナは、僕のマリア様です」

アーヴェ・マリア、ばんざーい、もう一度、乾杯。

照明も消えた踊り場で、ヴェルディアーナとエンツォは、丁寧にゆっくりとワルツを踊ってみせてくれた。楽団も歌手もなく、静かに。二人の鼻歌だけを伴奏にして。

黒猫クラブ

クリスマスを間近に控えて、ミラノの夜はいっそう厳しい冷え込みである。それでも繁華街は、仕事仲間と忘年会に出かける人々や買物客、車でごった返している。十二月になると市内の主だった商店街の上には、それぞれの通りごとに趣向を凝らしたクリスマス用の電飾がいっせいに点いて、普段のよそよそしい様子とは打って変わり、この街も詩的な表情を見せる。しかしせっかくの電飾も、名物の霧が立ちこめるとたんに輝きを失い、あたりの風景は色褪せた古い写真のようにくすんで、祝祭のクリスマスもどこかうら哀しい。

アルプスを背後にミラノは内陸にあって、盆地で風抜けが悪い。特に湿気の多い冬場になると、垂れ込めた雲下に街が吐き出す空気は逃げ場を失い、そのまま滞る。年によっては早くも十月末あたりから明けて四月半ばまで、陽の差さない薄暗く冷えきった日が延々と続く。雨や雪は石畳や壁面へしみ込んで奥深く留まり、街を底冷えの中に閉じ込める。住人は息を潜めるようにして、重い空気の下で長い冬が通り過ぎるのを待つ。

市内の建物は、地下で重油を燃やしてボイラーで温めた湯を全館に流し回す方法で温められている。まだ暗い朝、あちこちの建物の煙突から重油を燃やす煙が立ち上り、ミラノの冬の一日は始まる。煙は低い曇天に突き当たり、そのまま私たちの頭上に重く溜まったまま動かない。

さほど大きくもない街なのにミラノには、住民一人頭一台を越える数の車があるという。父は勤めへ、母は子供を学校へ送り、配達人はバンで、三輪車で植木やパンを運ぶ業者あり、スーパーへ生鮮食品を納品するトラックが通るかと思えば、男子高校生たちが渋滞の中を猛スピードのバイクで駆け抜けていく。

どこを向いても渋滞している。路上からは車両の排気ガス、屋根上からは暖房の重油の油煙と、冬じゅう淀んだ空気に挟まれて生活は続く。

市は汚染を食い止めようと、暖房用の重油を燃やしてよい期間と一日の稼働時間を条例で制限している。おかげで夜十時を過ぎるとどんなに冷え込んでいようが、有無を言わさず全館暖房は止まる。

私の家は、五階にある。暖房のための温水は地下から順々に上がってくるため、階上に行くにつれて湯の余熱はだんだん冷めていく。階上の住人は、よい見晴らしと引き換えに、冬に四、五度分の損をする。

暖房が止まるのを機に、私は早々に寝室へひきあげることにしている。屋外は、すでに零下である。暖房が止まったとたん、石の壁からは湿った冷気が室内に忍び込んでくる。各人が小型ストーブで追い炊きしても間に合わない。冷えないうちに、頭まで布団にもぐる。修学旅行の消灯時間のようである。

その晩も早々に寝床で本を読んでいたのだが、いつの間にか寝入ってしまったらしい。

繰り返し鳴る玄関の呼び鈴に、はっと、目が醒めた。

枕元の時計を見ると、三時半である。いったい誰だ、こんな時間に。いや、夢を見ていたのかもしれない。

うとうととまた寝入りかけていると再び、ジリーンジリーンとけたたましくブザーが鳴った。通りすがりの酔っ払いの仕業だろうか。半分眠ったまま、しつこく鳴り続けるブザーの音を聞くともなしに聞いていたが、ふと、そのブザーが階下にあるこの建物の入り口のものではなく、五階の、つまりうちの玄関ドアのブザーの音だと気がついて、跳ね起きた。

何者かが建物の中に無断で入ってきたうえ、しかもうちの玄関先まで来ている。

こんな時間にそこにいるのは、いったい何者なのだ。

ぞくりと背中に寒気が走って、いっぺんに目が醒めた。

数年前の夜、コカイン切れの若い男がこの建物内に無断侵入して建物じゅうのドアを叩いて回り、ひどい騒ぎになったことがあったのを思い出す。また、あの類いの侵入者なのだろうか。

あるいはこの前、暗黒街を犬連れで歩き回ったとき、地区の誰かに怪しまれて後をつけられ、脅しにでも来たのだろうか。

ジリーン、ジリーン、ジリーン。

身元の詮索など、しかしこの際どうでもよいことだった。すでに相手は扉一枚隔てたところまで来ていて、うちの呼び鈴を鳴らし続けているのだから。

室内は、骨まで凍る寒さである。膝が笑う。ブザーには返事せず明かりも点けず、忍び足で玄関まで行く。

息を殺して、覗き窓から外を見る。

こんなことなら覗き窓のレンズを、ふだんからきちんと磨きあげておくべきだった。薄暗い上にレンズは埃だらけで、踊り場にうずくまるようにしている人影はぼんやりと見えるものの、それが男なのか女なのかすら見分けがつかない。レンズに目を近づけてもっとよく見ようとしたとき、その影はさっと身を翻《ひるがえ》したかと思うと、階下へ駆け下りていってしまった。

ジリーン、ジリーン。

間もなく、階下から執拗なブザーの音が聞こえてきた。誰も出ない。当然である。真冬の三時半なのである。

階下四階には、ミラノ大学哲学科の教授が一人で住んでいる。いつ会っても耳栓を着けていて、エレベーターの中ですら寸暇を惜しんで学術書を読むような人である。しかし偏屈者かというとそうでもなく、町中で会えば慌てて耳栓を外し、満面の笑みを浮かべて、たとえば土砂降りの日でも、「今日もけっこうなお天気ですな」と言ったりする。

そのもう一階下には、高齢の夫婦が住んでいる。耳も足も目も悪い。不都合がないのは、頭と口の回転だけである。

現役時代、老夫は「泣く子も黙る」法曹界の重鎮、破毀院《はきいん》の裁判長まで務めあげたという。老妻は、今でこそ足が悪くて家に籠りきりだが、大手薬品会社の研究所で所長にまで出世した、キャリアウーマンの元祖のような女性である。

エレベーターで会うと、老夫はこちらの言うことが聞こえなくても意に介さず、声を張り上げて一方的に話を始める。過日もたまたま路上で会い、「ちょっと腰掛けていきませんか」と道沿いのベンチに誘われて、そのまま一時間もラテン語文法について説明を受けるはめとなった。

五十過ぎの一人娘がいるが、反りが合わないのだろうか、ローマに引っ越して行ったまま親元には寄り付かない。高齢の二人を訪ねる友人も親族も日々減る一方で、二人きりで静かに暮らしている。

よほど人恋しいのだろう。以前、怪しげな訪問販売人が来たとき、私たち他の住人は返事すらしなかったというのに、老夫婦はその男を家の中へ招き入れ話し込み、そのまま離さず、とうとう夕食まで振る舞ったのだという。押し売りも、さぞ面食らったに違いない。

しかし今ブザーを鳴らして回っている不審者に、うっかり老夫がドアを開けでもしたら大変だ。危害が加わらないうちに、なんとかその行く手を阻まなければ。

私が住むこの建物には、非常時に頼りになるような男性が一人もいない。

まず一階。通信工学の技術者家族が住んでいる。長らく地味に真面目に、夜間の簿記学校の教員を務めていたが、五十歳になったのを機に一念発起して通信教育でコンピューター経理を勉強。その後、切磋琢磨してソフトウエアを開発する技術を習得するまでに至った。十五年経った今、それが本業となっているのだから、たいした努力の人である。奥さんの話によれば、起きて寝るまで食事以外はコンピューターに釘付けだそうである。トイレにもコンピューターを持ち込む。ちょっと近所へ使いに行くときですら、コンピューター専用のリュックを背負って出る。荷物というより、もはや体の一部のようになっているらしい。娘の大学卒業の祝宴にまでコンピューターを持参したため、親族から顰蹙《ひんしゅく》を買ったそうである。

「でも技術者のくせに、切れた電球ひとつ、取り替えられないのよ」

奥さんは、よく愚痴をこぼしている。これでは緊急時には、あてにはならない。

二階には、女子大生三人が下宿している。地方出身の真面目な学生たちで、男友達の出入りなど見たこともなく、今後もその期待は薄そうである。週末には揃って親元に戻るため、アパートは無人であることが多い。

三階は、インテリ老夫婦。

そして四階の哲学教授に、五階の私。

最上階の六階には、数年前から病弱な婦人がペルー人の住み込みの看護人に付き添われて、ひっそりと暮らしている。

これで全員である。

降り掛かったこの緊急事態に、頼りになるような男性は一人もいない。下手に動くよりは、警察を呼ぶに限るだろう。

113……
113、113……
こちらは肝をつぶし藁をも摑む気持ちで電話をかけているのに、誰も出ない。

「……はいもしもし、で、なにか？」

どのくらい待っただろう。ようやく電話口に出てきた男性は、口を開くのも大儀そうである。そのうんざりした声に一瞬怯むが、気を取り直して事態を説明し、至急の救助を乞う。

何者かが建物内に侵入した。しばらく前から、各階で騒ぎ回っている。正体不明の相手に、怖いし危ないので迂闊に玄関は開けられない。老いた住人や病人もいる。即刻、出動をお願いします。

「で、何か被害は出ているのですか」

いいえ、まだ特に何も……

「まず何か起きないと、ね。出動できないんですよ」

一瞬、相手の言う意味がわからず茫然とする。そんな、何か起きてからだと遅いから、こうして助けを乞うているのでしょう。

ジリーン、ジリーン。

ほらまた、うちに戻ってきた。聞こえますか。一刻も早く助けに来てください。ちょっとあなた、それでも本当に市民の安全を守る警察なのか。

「今、全パトカーが出払っているので、誰か戻り次第、手配しますから」

間延びしたままの声はそう言い、それ以上の問答は不要とばかりに、電話は一方的に切られてしまった。

しばらく携帯電話を持ったまま二の句が継げなかったが、悪態をついている場合ではない。ここで四の五の言っても、始まらない。たとえあてにならなくても、この際ひとまず、階下の男性たちを起そう。

一階のコンピューター技師と四階の哲学者に電話をする。案の定、二人とも何も知らずに熟睡していたらしい。コンピューター技師は、一階から階段で上がり様子を探りながら上まで来てくれるという。

四階の哲学教授は冷静で、まず三階の踊り場を上から覗いてみて、不審者が老夫婦の家へ入って行こうとしていないか確認してから五階まで行くから、と言った。

教授との電話を切るとすぐに、階下で「おおうっ」と大声がした。技師か教授のどちらかが、出会い頭にヤク中に襲われたのかもしれない。

大変だ。私は迷わず玄関を開け、表に飛び出そうとして愕然とした。

なんということだ。

ドアを開けるとそこには、黒く濃い煙が壁のように立ちこめていたからである。視界はゼロ。キナ臭い。火事なのか。

ふと踊り場を見ると、六階のペルー人の付き添い婦がうつぶせに倒れている。今まで建物中のブザーを鳴らしていたのは、このペルー人だったのか。必死で各階を駆けずり回って、近隣に助けを乞うていたのだろう。うかうかしてはおれない。握っていた携帯電話で、大急ぎで今度は消防署を呼ぶ。

１１８。

速い。一回目の呼び出し音が鳴り終わったかどうかに、ただちに応答がある。

今しがた１１３に電話したばかりの者なのですが、通報内容の変更です。犯罪事件ではなくて、実は火事だったのです。いま燃えている最中です。パトカーの代わりに、消防車を至急お願いします。救急車も。

緊張と恐怖で舌が喉に巻き込まれるようだったが、電話口のテキパキした応答に誘導されるようにして、なんとか通報を終える。煙に巻かれて気絶している人の応急処置も、電話口の向こうから手早く指導してもらう。

まもなく一階の技師と四階の哲学者が、濡れタオルで口元を押さえゲホゲホと咳き込みながら、五階の踊り場まで上がってきてくれた。三階の老いた元裁判長までいっしょである。歩けない妻を一人で残したままで、大丈夫なのだろうか。

取る物も取りあえず寝間着の上からガウンやコートをひっかけて、しかし足下はスリッパのままという恰好で、わが建物の自衛団は全員集合した。

「昔、私はボーイスカウトだったんです」

まだ肩で大きく息をついている技師はそう言いながら、早速ペルー人付き添い婦の息を確かめてから胸元を緩めてやり、まだ煙の立ちこめていないわが家の中へそうっと引きずり入れる。

その手際の良さに感心していると、脇では哲学者が、

「ふむ。つまり、六階から火が出たわけですな。ならば階下に火の手が回るのは、遅いでしょう。皆さん、対策を熟考いたしましょう。ところで、この付き添い人がここで気絶しているとなると、六階の寝たきりのご婦人は、どこでどうなさっているのでしょうか」

それを聞いて元ボーイスカウトは弾かれたように立ち上がり、重く煙が立ちこめる踊り場へ飛び出してそのまま階上へ上って行こうとする。

「おっ、私もお手伝いいたしましょう」

八十六歳の破毀院が、ヨロヨロと後を追おうとする。

ちょっと皆、動かないで。救急隊が来るのを待って、ここはプロに任せましょう。

火事場で思いもかけず力強い男へ変身した三人の様子に、私は内心、仰天しながらも、自警団の出動を押しとどめる。三人の男たちは無念そうだが、やはり自分たちだけでは到底無理と思ったのだろう。皆、黙って腕組みをしたまま、玄関口に立ちつくしている。

そのとき階下が、急に騒がしくなった。ドドッという頑強そうな足音とともに数人の消防士が消火ホースを抱えて、階段を大変な勢いで駆け上がって来る。私たちの目の前を疾風のように上り抜け、六階に着いたかと思うと次の瞬間にはもう、一人は背後から酸素吸入道具を、その前を行くもう一人は寝たきりの老女を抱えて、再び俊足で下りて行くのだった。

疾風が駆け抜けていくような救助光景に茫然と釘付けになっていた私たちに向かって、階段を駆け下りながら消防士が、

「すでに鎮火していますが、室内へ入って待機していて」

怒鳴るように命じた。間もなく六階から大量の水が、階段を滝のようにザァーッと流れ落ちて来た。

「裁判長、さあ早く」

もたもたしていると、激流に足もとを掬われてそのまま階下まで流されかねない。哲学者が裁判長の手を引っぱり大急ぎで室内へ引き込むのと入れ替わるように、コンピューター技師は気絶しているペルー人を消防隊員に抱き渡した。自警団はこうして全員、わが家の中へ緊

急避難した。

煤《すす》で真っ黒になった鼻の穴を膨らませ、深く深呼吸してから老裁判長は、

「神の審判が下るのを待ちましょう」

と、判決を下すように厳かに言った。

コンピューター技師を見ると、手には携帯電話とコンピューターのデータ記録用のメモリーキーを握りしめている。一階に残した妻にうちから電話をかけてコンピューターの無事を確認した後、「うまく電話がつながった」と満足気である。

そうこうするうちに玄関のドアの隙間からは、煙を吸い込んだ黒い水が室内にじわじわと入ってくる。哲学教授はそれを凝視して、動かない。

扉の向こう側では引き続き、消防士たちの怒声と階段を上り下りする足音が響いている。しかし幸い小火程度だったらしく、どうやら避難せずにこのまま火事騒ぎは収まるようだった。

「不謹慎ですけどね、この煙の匂い、まるで燻製チップのようですな」

破毀院裁判長の老人がにやりと笑いながら、室内にまでうっすらと立ちこめている煙の中で呟いた。

「きっと、木製の本棚が燃えたに違いありません」

哲学教授は実に無念そうに頷きながら、玄関の隙間から流れ込んでくる黒い水を指差して見せた。そこには、焼け焦げた小さな印刷物の紙切れと木片がいくつも混じっていた。

同じ建物に住んでいても普段は滅多に顔を合わせることもないが、全員パジャマ姿でこうして揃うと、滑稽で親近感のわく光景だった。事態収拾を待つ間、コーヒーでも入れましょうか、というわけにもいかない。当然、ガスも電気も建物の元栓から閉められている。

即刻避難しなくても安全らしいとわかれば、こうして玄関で突っ立っていてもしかたないので奥の居間へ移り、窓から下の様子を見ようということになった。

階下には、消防車にかなり出遅れて到着したパトカーが見える。二台いる。緊急事態用なのだろうか、刺すような光線の照明がこちらに向かって放たれ、窓際に立つと目を開けていられないほどである。煌々《こうこう》と建物ごと照らし出されて、運河の上に灯るクリスマス電飾が霞んで見える。

冬の未明だというのに、辺りにはかなりの野次馬が集まっている。上を見上げて、おーいだいじょうぶかあ、と叫びながら私たちに向かって手を振る人もいる。警官たちは、増え続ける人垣を懸命に整理している。通りがかりの車の中には騒動をよく見ようとして、そのまま路上に一時停車する車もある。道は、人と車とで昼間よりもごった返している。六階の二人を乗せた救急車は出口を野次馬たちに塞がれてしまい、サイレンを鳴らしたまま立ち往生している。

コンピューター技師がぐっと身を乗り出すようにして下を見て、ズボンのポケットから携帯電話を取り出して、この騒ぎを撮影し始めた。

「コンピューターで編集して、インターネット上で報告します」

哲学教授は窓際へ椅子を持っていき、外からの明かりで、ガウンのポケットから本を出して一心不乱に読み始めた。裁判長はどうしたのかと見回すと、ソファーに深く座り背もたれに頭を乗せ、口を開けたまま鼾《いびき》をかいて気持ち良さそうに寝ている。

六時を回った頃に、救急車で運ばれていった六階の老女と付き添い人には、救急処置がよかったおかげで命に別状ない、という知らせが届いた。一階で待機していた技師の奥さんが、救急車に同乗して病院まで行ってくれたのである。

朗報が届いた直後に、消火にあたった隊員から避難解除の連絡があり、即席の自警団はようやく解散した。夜中に緊張した時間を過ごして疲れたものの、ご近所との間には独特な連帯感が生まれて、そのまま別れてしまうのは何となく名残惜しい気分だった。


「無事に火事を乗り越えたのですから、ぜひ皆でお祝いをしませんか」

翌日、珍しく四階の哲学教授がうちへやって来て、そう提案した。いつもと何となく様子が違うと思ったら、本の代わりに猫を大事そうに抱いている。

「黒猫は、あなたの国では『除災招福』なのでしょう?」

と言って笑う。教授は昔、東洋哲学の研究の際にいろいろな宗教についても調べたことがあり、日本の厄を知った。『黒猫は厄よけに効く』。そう書物に書いてあった。教授の飼い猫は、黒である。

「厄のことなどすっかり忘れていたのですが、昨晩、この猫といっしょに五階まで上がろうとしたところ、玄関口からどうしても離れようとしなかったのです」

怖がりのはずの猫がいったいなぜ、と不思議に思いながらも自分だけ外へ出た。騒ぎが収まってからふと厄のことを思い出して、早速、資料を探し出して問題の件をよく読み直してみると、『厄よけの黒猫は、玄関に置くと良い』と記してあったという。

「家内安全、平穏無事だったのは、この猫のおかげです」

目を細めて猫を撫でながら、教授は真顔でしみじみ言った。

まさかミラノで厄よけの話を、しかも哲学科の教授から聞こうなどとは思いもよらなかった。火事から厄。森羅万象、八百万《やおよろず》の神、か。猫の御利益《ごりやく》に感謝して、イタリアで祝宴するのもなかなかではないか。

さっそく皆に声を掛けてみる、と教授に約束した。

さて、住人全員が家族も連れて集まるには、誰かの家では手狭である。かといってピザ屋でも大テーブルでは間延びしてしまい歓談にならないし、第一ピザなど、あまりにありきたりではないか。ならば、少し日和がよくなるのを待って、この建物の屋上で市内の景色を眺めながら皆で乾杯する、というのはどうだろう。私たちの住む建物は、地区内で最も高い。以前、共同アンテナの設置工事に立ち会ったとき、屋上からの見晴らしの良さに驚いた。

建物の屋上というのは、そこに住む全員の共有空間である。玄関口も階段も廊下やエレベーター、中庭も、共有空間である。皆で利用し、皆で責任を分担する。居住者で頭割りして、清掃や修理費用を負担する。楽しい場所になるかどうかは、住人各自の品位と人間関係次第である。

集合住宅には、文句を言うのを生き甲斐にしているような住人がたいてい一人や二人はいるものである。きまりを守らない人もいる。些細なことが火種となって、隣人どうしの争いごとは絶えない。

犬がうるさい、赤ん坊が夜泣きする、椅子は引きずらないように、出入りする人が怪しげだ、シーツを干すとき階下まで垂らすな、パン屑を振り落とさないで、踊り場の自転車は邪魔、植木の水が垂れ落ちる、タマネギばかり炒めるな、など。

最初はごくたわいない不平不満でも、積もり積もるとエレベーターに乗り合わせても目すら合わせない、という陰湿な近隣関係へと悪化する。

眺めのすばらしいテラスのある家に住む友人がいる。皆の羨望の的である。上階の住人も例外ではなかった。友人がテラスで食事をするたびに、上の階ではバルコニーの掃除を始めるようになった。上からの土埃が、下のテラスの食卓を直撃する。

最初は管理人を介して、友人は丁寧に、しかし断固として上の住人の不注意を警告する。二度目は、下から上へ向かって、大声で文句を言う。

三度目は、上の階まで強面《こわもて》の男友達などを伴って訪ね、開かないドアの前で声を高めて詰め寄る。無礼にもほどがある、出て来て謝りなさい。しばらく怒鳴ってみるものの、中からはうんともすんとも応答はない。

四度目には、友人は落とされたゴミをひとつ残らずかき集めて、上の階の玄関前へ全部返しに行った。

そして友人が家へ戻るや間髪入れず、たった今上へ返してきたばかりのゴミに生ゴミが追加されて、天から五度目の襲撃を受ける。

即、警察へ通報。「奥さん、何か起きないと出動できないのですよ。上の仕業だという確かな証拠、ありますか」

嫌がらせ、警察へ通報、を繰り返すが、結局パトカーは一度も来た例《ためし》がない。

出るとこ出ましょう。この三年間、上下間で延々と訴訟を繰り返している。

終わりのないいがみ合いに、笑うのはそれぞれの弁護士たちだけである。

ミラノは住民一人あたりの弁護士数が、欧州で最も多い。民事の弁護士の仕事の大半は、近所のもめ事の仲裁だという。数多い弁護士事務所がどこも繁盛しているということは、ミラノはご近所のもめ事で溢れる町、ということでもある。

幸いうちの建物では仲違いするような事件も起きなければ、過度なおせっかいもなく、つかず離れずの適度な近隣関係である。しかし昨晩の火事をきっかけに一気に住人間の距離感は縮まり、一つの大家族になったような空気が生まれている。

少し寒気が緩んで、いよいよ皆で乾杯する運びとなった。

朝、家の前にある公営市場へ食材の買い出しに行く。

まだ春には間があるものの、青果店の店頭にはすでにさまざまな種類の野菜や果物が並び賑々《にぎにぎ》しい。ジャガイモやタマネギ、ニンニク、ポロネギといった地味な根野菜は、店の奥の棚上に木箱に入れて置いてあり、寒い時期の厨房の名脇役ぶりを静かに主張している。

旬の真夏と比べるとさすがに量や勢いには欠けるものの、トマトも出始めている。この時期には、サルデーニャ島やシチリア島産の一口大の小さなトマトが主流である。緑がかった実はきりりと引き締まっていて、前歯でかじると硬めの皮を破って果汁がほとばしる。青く切なく甘酸っぱい。春を待ちわびる味である。想像して、思わず唾が湧く。そのまま何もつけずに生食でもいいし、一個二個、肉や魚と調理すれば、隠し味のような効果を楽しめる。

トマトの隣には、初物の菜の花が並んでいる。南部プーリア産の早咲きだ。薄黄色のつぼみのついた長い茎が、最前列に山積みにされている。つぼみごとさっとひと茹でしてからザクザクと小口切りにして、ニンニクと鷹の爪といっしょにたっぷりのオリーブオイルで炒める。火が通るや、黒いような緑色だった菜の花の茎や葉が、目の醒めるような緑色に変わる。見とれるような清々しい色で、長く寒く暗く湿気たミラノの冬の台所で、「冬来たりなば春遠からじ」と励まされる瞬間である。

「昨日オレも試しに食ってみたけどね、いやあ、うまかったな」

菜の花を見ながら、八百屋の店主が勧める。

「で、今晩は何か大切な客でもあるわけ？」

ええ、まあ。

過日の火事騒動が無事に収まり、皆で集まって厄よけ御礼をすることになった、と一部始終を青果店の店頭で説明するまでもなし、曖昧に返事をするにとどめる。

それにしても、黙って品定めをしているのに、なぜかいつもこのアントニオにはこちらの事情が知れてしまう。そういえば先週、市役所から『ミラノで安全に暮らすために』という防犯の心構えを書いた通知が送られて来ていたのを思い出す。

〈市民の皆様へ
いくら近所の顔見知りとはいえ、気を許して私的な話を路上や店先などでしないように注意してください。誰が聞いているか見ているか、わかりません〉

というような注意が記してあった。

一日じゅう、誰とも話さずコンピューターと向き合っていて、息抜きも兼ねて出かける先がスーパーでは味気ない。バールへ寄り、個人商店へ買い物に行く。店主や同席する他の客と雑談していて、界隈の噂や耳寄りの情報に出くわすこともある。市場への買い物だからと、気は抜けない。玉手箱を開けるような気分で出かける。

運河沿いにあるこの公営市場には、青果店がいくつも軒を並べている。どの店も似たような品揃えでありながら、それぞれに常連がついていて、遜色なく繁盛している。掛かり付けの医者があるように、各人、行きつけの青果店に精肉店、乾物、パン、豚肉、乳製品や菓子屋と、各食材ごとに贔屓《ひいき》の店を決めている。そして多少のことでは、行きつけの店を変えたりしない。逆に、知らない店に飛び込みで入ろうものなら何を買わされるか、油断も隙もない。博打に等しい。

引っ越してきたばかりでまだ市場での買い物歴が浅かったある日、私は一見《いちげん》の客として豚肉店へ入った。生ハム二百グラム、お願いします。

「あんたのため？」

は？　店員の言った意味が瞬時わからず聞き返そうとしたそのとき、隣で自分の番を待っていた、東欧からの移民らしきおばさんがぐいと一歩私の前へ出て、

「なにさ、犬用にきまってるじゃないの、ねえ、奥さん！」

大声で、私の代わりに店員に言い返した。

あんたのためか、と店員が聞いたのは、私のことを誰かの遣いで買い物に来ていた使用人だと思い込み、〈あんたが食べるための生ハムなのか、それともご主人様用なのか〉と尋ねたつもりらしかった。東欧のおばさんの言うことを聞いて、私はやっと意味に気がついた。

東欧のおばさんは、自分のことでもないのに相当に憤慨している。憮然として私の二の腕を摑み、その店の前から引き離すようにしてどんどん歩いていく。

「馬鹿にするなと怒るのは、時間の無駄。次からもうあの店に行かなければ、それで済むことだから」

鼻息荒く、そう言った。そうして私たちは二軒先のライバル店で、〈自分用〉においしい生ハムを買ったのである。


さて、いくら気の置けないご近所とはいえ、全員が初めて一堂に会する記念すべき集まりである。こういうとき、いったいどういう食卓を準備すればいいのだろう。集まる人たちの年代や出身地、生活習慣は、ばらばらである。

一階の通信工学技師の奥さんは、サルデーニャ島の人である。内陸の出身だそうだ。人間の数より羊の数が多い島である。島だからといって、魚介類が名物かというと、そうとも限らない。

「魚屋の前を通るだけで、気分が悪くなるのよ」

いつか市場で会ったとき、奥さんが顔をしかめていたのを思い出す。

二階の女子学生たちは、三人とも南から出てきている。南部では、オリーブオイルも濃ければ、味付けも濃い。肉にしろ野菜にしろ、大胆で迫力ある料理が多い。

三階の老夫婦は揃って生粋のミラノ人であるものの、高齢なので、歯が悪かったり塩分糖分脂肪分、といろいろ制限がありそうである。

四階の教授。そもそも彼は、飲み食い自体に興味があるのだろうか。辞書でも破って食べているほうが、教授には合っている。

ミラノはイタリアのセンスと流行を代表する、粋で現代的な都会と思われている。しかし住民の大半は、仕事や学業などの理由で移住してきた地方出身のイタリア人や外国人である。地方出身の知人たちを見ていると、ミラノ暮らしが故郷時代よりも長くなっているのにもかかわらず、味覚はいまだに故郷のままという人が多い。斬新なようで、ミラノの現実はさまざまな地方の叙情に溢れている。奇をてらうように日本料理など用意してみたところで、かえって皆を戸惑わせるようなことにもなりかねない。気取った料理を食べて何を繕うでなし、飾るでなし。どの人にも違和感がなく、肩の凝らない料理を用意することにしよう。

青果店のアントニオは、ナポリ出身である。毎週水曜には、空輸でわざわざナポリ近くの産地から、その朝できたばかりのモッツァレッラチーズを仕入れている。最初は、自分のためだった。今では、店の隠れた人気商品である。

隠れた、というのには理由がある。本業は青果である。販売許可を持っていない乳製品を店頭で売ってはならない。そこでアントニオは、野菜満載の商台の下に産地直送のチーズを隠し置き、ごく近しい客だけにこっそり売るのである。

「あるよ、今日。要る?」

一見の客がいないときを見計らって、アントニオがその商台の下方へ視線をちらりと泳がせながら、私に囁く。

そうね、じゃあ二玉ほどお願い。

ほとんど合い言葉である。

チーズ二玉で一キロ弱。外から見えないように、茶色の紙袋に白いチーズの入ったビニール袋をさっと入れ、すでに買った野菜の間に滑り込ませて、

「はいよ」

レシートには打ち込まれないチーズの代金と正規に買った野菜代を足した勘定を払って、客は急いで店から立ち去る。売ったのを見つかっても、買ったのを見つかっても、違反は違反。二人とも同罪である。私服の税務警官が市場には頻繁に出没し、背後から突然、「奥さん、ちょっとレシートを見せて」など、抜き打ち検査をする。〈誰が聞いているか見ているか、わかりません〉。まったく市役所の言うとおりなのである。

危ない橋を渡って手に入れるチーズは、ことさらにおいしい。ぷりぷりと弾力ある食感。噛むとじゅうと迸《ほとばし》り出るチーズの汁。下手なステーキなど、足下にも及ばない。南部出身の女子大生たちなら、この産直のおいしさをきっとわかってくれるに違いない。歯の悪い老人でも、これなら大丈夫。

「今日は、燻製チーズもあるよ」

アントニオが意味深に、にやりとそう言う。

「いやあ、あれからずっとスモークチーズが食べたくてねえ」

老裁判長は、一口大に切ったチーズを妻の口にも入れてやりながら、実に満足そうである。屋外にはしばらく出ていない、という老妻も今晩ばかりは完全防寒の重装備で、車椅子に乗って屋上まで来ている。

「ミラノは、やはり冬に限るわねえ」

遠くに見えるドゥオーモの尖塔に黄金に輝く聖母の像を、感に堪えない表情で眺めている。聖母はミラノの働く女性の象徴で守り神なのだ、と以前この老妻から聞いたことがあった。颯爽とドゥオーモ広場を突っ切って薬品研究所に通う、老妻の若かりし頃を想像する。あの聖母も、消火に手を貸してくれたのだろうか。

冬空の下、火事のおかげでご近所たちと屋上に集まって、スモークサーモンを載せたトーストや切りピッツァやフォカッチャ、野菜の肉詰め料理などを、ミラノの夜景を眼下に食べる。ワインを飲む。サルデーニャから持って来た木の枝をアルコールに浸けて奥さんが作ったという、自家製ミルト酒も飲む。災い転じて福となす、か。

「集合住宅は、ノアの箱船みたいなものですよ。その屋上で皆で乾杯だなんて、これぞソシアルネットワークの原形です」

　一階の通信工学技師が、モッツァレッラチーズを口一杯に頬張りながら、興奮して弁を飛ばしている。井戸を上に持ってきたようなものですね、と私が頷いたら、

「井戸だなんて、あんたも古いですな」

　老裁判長にからかわれる。

　これからも屋上でちょくちょく集まろうということになり、いつも家にいる私が屋上への鍵を預かることになった。

「これ、どうぞ」

　哲学教授が首尾よくそっと差し出した名入りのキーホルダーには、〈黒猫クラブ〉と彫り込んであった。

ジーノの家

月曜の朝早く、キオスクで新聞を買う。全国紙と地方紙。一面三面飛ばして、最後のほうのページへ行く。不動産の告知広告の掲載紙面を見るためである。

毎日、売買・貸し借り・差し押さえの競売など、さまざまな物件情報が掲載されるが、月曜の朝に出る分は、その内容が新鮮で上質なのである。ミラノで周旋業を営む知人から、そう教えてもらった。どの新聞でもいいかというとそうでもなくて、全国紙の〈コリエレ・デッラ・セーラ〉でないといけない。そんなことはもちろんどこにも書かれていないものの、業界では周知の決まりごとで、「家や店舗を探すには、月曜の〈コリエレ〉に限る」ということになっているのだという。

今でこそインターネットで簡単に世界中の不動産について調べられるようになったものの、これまで家探しとなると、知人の伝手《つて》に頼るか、地元の不動産屋を回るか、または新聞などの告知広告を丹念に調べるしかなかった。

不動産屋というのはたいてい、全面ガラス張りの路面店の店先に、隙間無く物件情報を書いた紙が張ってあり、中の様子はまるで見えない。そのドアを開けて入って行くのは、かなりの勇気と決意がいるものである。


一年を通して曇天が多く、いったん冬が訪れようものなら半年もそのまま寒さが居残るミラノから引っ越そう、と決めた。そもそもイタリアのどこに暮らすにも、私の立場は異国からの移民のままである。ひとつの土地にさしたる思い入れや血縁の義理があるわけでもなし。ならばいっそ、そのときの気分にまかせ、各地を少しずつ巡り住むのも面白いのではないか。

ミラノからいきなり農地の真ん中へ、というような自然崇拝者でもないので、ほどほど都会の機能も備えつつあくせくしていない、地方の小ぢんまりした町を試してみようか。山か海かとなれば、やはり海でしょう。そう、たとえばあのインペリアなど、どうだろう。年じゅう晴れだし、地方だし。しかも、海もあれば山もある。

早速、車を駆って、リグリア州インペリアへやって来た。

〈コリエレ・デッラ・セーラ〉ください。

そのまま浜の売店前のベンチに腰掛けて、新聞を繰る。

『海の見える窓あり』
『町の中心でありながら、静か』
『すばらしいパノラマ』
『住み手の個性を活かせる空間』
『中世時代の建物の最上階、屋根裏付き』

どこを読んでも、不安や恐怖など後ろ向きのことばかりを伝える新聞紙面で、不動産告知広告ほど楽しげで前向きなことばかりが並んでいる欄は他にない。

どれも実に良さげで、すぐにでも引っ越したくなる物件ばかり。欄のスペースは限られているため、間取りや価格を除くと、残りの記載情報は一行もしくは半行だけとごくわずかである。暗号さながらの短い説明には、貸し手の思いが端的に凝縮されている。俳句のようである。

各物件を見学する前からすでに、私は想像の世界へと飛ぶ。古い石造りの階段を上り下りする靴音。海面に反射する夕焼け。夜更けて人通りの途絶えた広場の静けさ。家の中から見えるさまざまな町の光景が、ありありと目の前に浮かんでくる。

こうしてはいられない。早速それぞれの家主に連絡を取って、下見の算段を整えた。

中には『仲介業者は絶対お断り』と貸し主が断り書きする告知もあるものの、物件の大半は業者によるものである。

「ああ、あの〈海の窓〉の家ですね。これからすぐにどうですか。大変な人気でして、おたくの前にすでにもう三人、予約取り消し待ちがおられますけどね」

愛想がいいのか傲慢なのか、電話口からはひどく馴れ馴れしい口調で、そう若くはないらしい女性が応対した。強いインペリアの訛りを聞いて、何となく都落ちしたような気分になる。

それにしても、告知広告に出したその日の午前中に、しかも十時を少し回ったばかりだというのに、すでに三人も内見を済ませてしかも予約した、とは。貸し焦る店員の見え透いたはったりに、うんざりする。

そうですか、こちら予算も時間も十分にあるので、そんな大仰な家はややこしい。他をゆっくり探すことにします。それじゃ、どうも。

えっ、と電話の向こう側で一瞬息をのむ間があって、

「いえ、その、〈海の窓〉だけでなく、バルコニー付きのすばらしい物件がたった今、貸しに出されたところでして。〈斜めに海が見える家〉。そちらをぜひ。ほんとお客さん、ツイていらっしゃること」

窓が駄目ならバルコニーが、電話を続けるうちに、砂浜の上、という物件まで出てきそうな勢いである。それではせっかくだから、とその〈バルコニー〉の家を見に行くことになった。

もともと〈海の見える窓の家〉など、存在しなかったのかもしれない。客を釣るための撒き餌

のような広告物件がある、と言うではないか。

こうしてまんまと釣られた私は、電話で言われた道順の通りに行く。浜から町を抜け、内陸へ向かう道を車で二十分。さらに蛇行する坂道を上ること、十五分。

そして私は今、山のてっぺんにいる。

周囲三百六十度、見渡す限り、何もない。あるのは、その家だけ。

山頂、と言うと見晴らし抜群のようだが、茫々と茂る下草を従えた雑木林が視界を遮り、他に何も見えない。

雑木林と言うと自然に囲まれた良い環境のようだが、栗なのだか杉なのだか、種類もまちまちで手入れのされていない原始林で、枯れた木と藪が重なって見えるだけなのである。

その中に家はあった。ぽつんと。

住む人がいなくなってから、相当な時間が経っているようである。鎧戸《よろいど》の何枚かは蝶番《ちょうつがい》が壊れていて、だらしなく垂れ下がっている。かつては白壁だったのだろうか。夏の間に屋根まで這い上っていたらしい野生の蔓草が、今は枯れてそのまま壁面にびっしりとへばりついたままになっている。バルコニーは、と探すと、ごく小さなバルコニーが一つあるのが見えた。

「さあ、どうぞどうぞ」

電気は止められていて、案内してくれた不動産屋が持ってきた懐中電灯を頼りに、暗闇へ足を踏み入れる。一歩ごとにミシミシと鳴る床は、いったいいつからこうして闇の中に放りおかれているのだろう。

埃臭い家の中へ進みながら、不動産屋は数ヶ所の雨戸を順々に開けていく。開いた窓から見えるのは、しかし、再びあのもの哀しい鼠色と茶色の、枯れた雑木林のみである。晴れているのに、暗い気持ちになる。何が悲しくて、インペリアまで来てこういう家に住まなければならないのか。

で、バルコニーはどうなりましたか。

「は、ただいま」

木で出来た階段を再びミシミシ軋ませながら、二人で階上へ行く。

「ちょっと、コツがありますんで」

不動産屋の女性はまず、バルコニーにつながる雨戸を開けてから、急いで室内へ戻り、次に向かい側に位置する浴室のドアを開け放って、洗面台前の鏡を指差して、嬉しそうに言った。

「あの、こちらにいらして。ここからこの鏡をご覧になると、ほら」

鏡の上のほうの角が、キラリと光る。その角には、海があった。三角形の、遠い、小さな海。

「それはあなたね、業界コードの解釈ができてない、っていうことよ」

三角形の海を眺めたあと、再びぐるぐる坂道を下りて海辺まで戻った私は、さっそくミラノの周旋屋の知人に電話をし、同業の姑息ぶりをなじった。そうしたら、告知広告には読み方があるのだ、と知人から逆に説教されたのである。

『海の見える』がついた物件は、海辺の町だと当然〈人気物件〉。この謳い文句があるかないかで、価格は三割は変わるのよ。リグリアだとたぶん、『パノラマ』っていう物件もあるでしょ？」

もちろん、あります。これから見にいく物件が、『すばらしいパノラマ』。実に楽しみなんだけど、それが何か？

「ははは。駄目よ。それはリグリアの業界コードでは、〈山側の景色〉という意味で、つまり北向きの家ってこと。『静か』『こんなに町中』という告知文句も、目眩ましだから注意するように。静かで人通りが少ない、ということは、〈車で入れないような急斜面〉だったり〈細すぎる道〉や〈行き止まり〉という障害あり、もしくは〈周辺に怪しげな住人がいる〉というような意味だからね」

電話の向こう側から次々と流れてくる情報を押し黙って聞きながら、私は手元の新聞にせっかくつけた赤丸印をどんどん消していく。

「まあ、そうは言っても中には宣伝文句通りの優良物件もあるかもしれないし。根気よく一応、全部見てくるといいわ」

『住み手の個性を生かせる空間』という謳い文句に自由な空気を感じて、ぜひ行ってみたいと思う。業界の知人ふうの論理で読み下せば、『住み手に個性がないと住みこなせない家』という意味にでもなるだろうか。ならば、受けて立とうではないか。

待ち合わせの場所に現れたのは、うだつのあがらない、という言葉をそのまま形にしたような五十過ぎの男だった。

大きな目、浅黒く、中肉中背のその男は、百歩譲って表現すれば、田舎のアル・パチーノ、というところか。こんにちは、と声をかけた。

ぎょろり。

申し訳程度に会釈だけして、その男は、ついて来て、というふうに手で私を招いて先に歩き出した。せめて自己紹介とか、ようこそ来てくれた、くらいの挨拶があってもよさそうなものだが、その家主は何も言わずに前を歩いていく。こちらは家を借りようかという店子の候補なのに、と心中むっとする。しかし、ここへ来るまでのバールや店先でのやりとりを思い返すと、どの人も口数が少なくとっつきにくかった。まるで必要以上に口を開くのは損、とでも言わんばかりだった。つれない態度は、無愛想というよりもむしろ、見知らぬ人には近づかないに限る、と警戒しているかのような印象だった。

インペリアの人は、猜疑心が強いのだろうか。同じ海の町でありながら、ナポリの明るく人懐っこい人たちとは対極をなす。

海は、外界との玄関口である。新しい世界から幸運を運んでくることもあれば、同時にさまざまな問題や弊害の侵入口でもある。古代ローマ時代からここインペリアは、海流のせいなのか、異教徒が流れ着いて来る地点だった。海からのトルコ人の度重なる襲撃を避けて、地元の人たちはひたすら内陸へ山の上へと逃避し住んだのだった。

今でこそ一等地となった海岸線一帯に広がる住宅街は、よって新興地である。歴史の古い集落は、海からはかなり離れた内陸奥地の山頂にある。あちこちの山頂にまるで鳥が巣を作ったかのように、山の尖頂を覆うように建つ古い町が見える。

「僕は、ジーノ。あなたと同じく、他所者《よそもの》です。五十年前に、生活に困った両親が南部から職を探して北上し、たまたまここへたどり着いた。故郷は南も南、イタリア半島さい果ての地のカラブリアで、名も無い貧村です。僕は一歳だった。弟二人はここで生まれて、以来こうして山にしがみついて暮らしてます」

五分ほど歩くと、道は舗装されていない急な坂道へと変わった。小石に足を取られないようにゆっくり歩きながら、男は後ろを振り向かずにぼそっと話した。不意に声をかけられて、しかも二言三言に彼の身の上が凝縮されていて、返答に詰まる。それでジーノさんのご職業は、と私は尋ねていた。われながら冴えない質問である。

ジーノは立ち止まって、初めてこちらを振り返り、

「無職です」

そう言ってから、照れたように少し笑った。笑顔は、悪くなかった。家に着くまで並んで歩

いて少し話そうではないか、という雰囲気になった。

「まったくひどい貧乏でね」

ジーノが訛のないきれいなイタリア語で話し始めたのは、意外だった。

「両親は、小学校も満足に出ていませんでした。だから北へ移住しても、できることなど知れていた。唯一、手慣れた農業をするにも、耕す土地がなければどうしようもない。着の身着のままで故郷を逃げるように出てきて、宿にも泊まれず、貸家などむろん論外。幸いにしてこの一帯は暖かいので、両親はあちこちで野宿を続けていたのです」

ちょっとすみません、と言って、内ポケットからジーノは煙草を取り出した。両切りの〈スーペル〉である。最高、というような意味。一番安くて、しかしざらりと荒い味わいの、煙草好きが好む国産ものである。

「僕がいなければ、あのまま家族揃って野垂れ死にだっただろうな。山間《やまあい》に住む土地持ちが乳飲み子の僕を哀れんで、自分のところのオリーブ栽培を手伝うよう、両親に声をかけてくれたのです。好きなように使っていい、と農具用の小屋も無償で与えてくれた。小屋といっても、柱と屋根だけで壁はない。父はあちこちから板きれや枝を拾ってきては普請して、冬が来る前に、親子三人がどうにか寝泊まりできる程度に手を入れたのでした」

ジーノの両親は、幼い彼を背負《しょ》い子に入れて急斜面を這い上っては下りして、オリーブの手入れを行った。オリーブの実の手摘み作業というのは、農作業のなかでも過酷なものの筆頭だった。足場の悪い斜面で、一人が木の枝を揺すり、もう一人が落ちてくる実を拾い集める。オリーブの実が、そしてそれを拾う自分自身も、山の下へ転がり落ちないように注意しながら、腰をかがめて作業する。一本揺すっては隣の一本へ。ひとつ拾い上げて、またひとつ。一斜面、終われば次の山へ。あまりに辛く地道な作業に音を上げて、木の下に網を張り巡らせて実が熟して自然に落下するのに任せる農家も多い。ジーノの両親は、ひとつでも多くの実を傷まないように丁寧に手で摘み、一リラでも多く稼ごうと、やみくもに働いた。

地主は、「こりゃ、ロバより働く」と驚いた。足場が悪いため、放ったらかしにしていた斜面の土地のいくつかを、ジーノの両親に「任せる」。痩せて日当たりも悪い場所で、どうせたいした収穫もないような土地ではあったが、文盲同様の両親にとっては、自力で手に入れた、異郷インペリアでの初めての成果だった。

「母は、その土地にバジリコと花を植えました。花と言っても、バラのような華やかなものじゃない。葉ばかりが目立つような地味な常緑樹で、でも添えると主役の花が映えるような、そういう植木でした。針のような葉を持つその木は、水をやらなくても枯れることはなく、むしろどんどん増えました。バジリコを植えたのは、いざ貧すればそれを食べればいいからでした」

そこまで話したジーノから、「どうです」と煙草を勧められるが、遠慮する。道はさらに険しくなって、煙草を吸わず黙って歩いていても息が切れて、汗ばんできた。

「次の曲がり角まで行ったら、そこで一休みしましょうか」

ジーノは再び黙って、先を歩く。

よいしょ、と足を持ち上げるようにしてようやく坂を上りきり曲がり角に登りついてみると、眼下にはそれまでのオリーブ林から一転して、一面、海が広がっていた。思いがけない風景に、一瞬、息が止まる。

さあ、とジーノに顎で示された先には、腰掛けるのにちょうどいい岩があった。岩に座って、海を見下ろす。雲一つない秋晴れで、地平線には島の影が見えている。

「コルシカ島ですよ」

ふうーっ、と煙を吐く。〈旨いね、まったく〉。片目を瞬かせて、満足げなジーノ。スーペルですからね。

濃いニコチンの匂いが、下方からそよぎ上がってくる風が含む潮と混ざり、やがて独特な香りへと変わっていく。波立つ海面は見えても、音はここまで届かない。苦労して急な坂道を延々上ってきたかいがあったというものだ。

こういう眺めを目の当たりにすれば、たとえ野宿であろうが、壁がない掘っ建て小屋だろうが、そのままずっと留まっていたい気持ちになるのがわかる気がした。

人差し指と親指でつまみ持つようにして、指一本分ほどに短くなった煙草を口に寄せ、最後の一服を深く吸い込んでから、ジーノがつぶやいた。

「すぐそこに見えているというのに、泳ぎたくてもあの海まで連れていってくれる人がいない。幼い僕と弟二人は、この曲がり角に並んで前を向いて座って、一日じゅう、船長ごっこをして遊んだものです」

言われてみるとなるほど、視界に入るのは海と空と島だけであり、船首に座っているような錯覚にとらわれるのだった。

「土地があっても、余裕はない。暮らしぶりのひどさは、変わりませんでした。あるのは、お日様とあの海と坂道とバジリコだけ。弟が生まれるとき、下界の病院まで行くバス代もなく、産気づいた母だけをどうにかバスに乗せてもらい、父はその後ろを全速力で走っていった。一人で残された僕は、駆け下りていく父をここから見ながら、なんとも切なくてね。大きくなったらバスに乗れる人にきっとなろう、としばらくの間はそれが目標だった」

自嘲するように、いや照れ隠しなのか、そこでにっと笑ったジーノに、私は気の利いた相づちが返せない。それで、何も言わずに笑って頷いた。

ジーノの両親が見捨てたカラブリアというところは、いつの時代にも世の中から置き去りにされて、今日に至っている。どんな凡庸で地味な土地でも、半島の長い歴史のなかで一度くらいは日の当たる時に恵まれたものである。ところがこのカラブリアだけは、歴史からも忘れ去られてきた。永遠に日陰の、誰の目にもとまらないイタリア。

『キリストはエボリに留まりぬ』という小説がある。戦後発表されて、映画にもなった名作である。イタリア南部のエボリという村からさらに南へは、キリストでさえも進もうとはしなかった、というような意味で、発展を遂げた北部イタリアとは異なる、絶望的に貧しく不遇な南部の様子が描かれている。

カラブリアは、そのエボリよりもさらに南に位置している。

二本目の煙草に火をつけて、海を見ながらジーノは話す。

「カラブリアというところはね、雨が降れば洪水になり、降らなければ飲み水にも困る。草もはえない岩だらけの土地だから、灌漑施設など作っても無用の長物。政治家の出る幕もなし。たいした産業もないので、たいした町もなく、然るにたいした人もいない。鉄道も道もない。いくらきれいな海があろうが山があろうが、そこへたどり着くまでの道がなければ意味がない。農業するにも、耕作地どころか、そもそも土がないんじゃね。漁業？　陸揚げしたあと、道がない。どうやって売れというのです？

文化？　ふん、ないね、そんなたいそうなものは。聞くだけで、場違いな感じがする。

それならさっさと引っ越せばいいじゃないかって、思うでしょう。でも他所《よそ》へ行くにも、命がけの決心ですよ。カラブリアから出ていったからといって、どうなるか。何もないところで育って、何も知らない。そういう自分に、他所で何ができる。他所へ行っても悲惨なら、いっそこのまま残ったほうがましじゃないか、ってね」

岩に封じ込められたように、カラブリアの人たちは外界との接触を絶って内々だけで生きてきた。誰からも助けてもらえないので、誰にも頼らない。イタリア人の大半はカラブリアのことを知らないし、知らなくても損することは何もない。どうでもよい地。どうでもよい人たち。カラブリア人もイタリアの他を知らないし、別に知ろうとは思わない。たとえ知っても、自分たちの生活はよくならない。

「父は強い訛《なまり》が残る口調で、『自分の出を一生、誇りに思え。しかし、もう二度とカラブリアには戻らない。外で一人で生き延びていくために、確かな仕事につけ』と僕らに繰り返しました。父が言う〈確かな仕事〉とは、公務員のことでした。そうして僕は、父親の望んだ通り、教師になった」

ジーノはそこで一服してから、「国語の、ね」とぼそりと付け加え、ふうーっと鼻から煙を吐き出した。

一歳でリグリアの内陸に移り住み、言葉を交わす相手といえば、カラブリア出身の小学校もろくろく出ていない両親と弟二人だけだったジーノが、その後国語の教師になるのに、どれほど苦労したのか想像に難くない。頑なで誇り高きカラブリアの両親譲りの訛を断ち切って、標準語で国語を教えるとき、ジーノはどういう気持ちだったのだろう。

戦後、復興の進んだ北イタリアを目指して、立ち後れた南部からは大勢が職探しのために移住した。たとえ北で工員として働いていても、明日はどうなるかわからない。南部には、勤めたくても会社がない。工場もない。どんなに不景気になっても、職を失う心配がない安心な仕事とは何か。南部出身者にとって、それは公務員だった。

「赴任先の小学校に行ってみると、教師から用務員までが南部出身者。用務員にいたっては、ほぼ全員がカラブリア人でした」

立ち上がって、じゃあ行きましょうか、と目で前方を指したジーノについて、再び坂道を上る。

「学校は、ここからほどないところにあってね。通勤にはバスに乗る必要がなかった。それが悔しくって。毎日、坂を下りては歩き、歩いては上る。その繰り返しでした」

二つ三つ曲がり角を越えたところで、ようやく平地に着いた。ごく狭い平地の真ん中に、ジーノの家はあった。

まるで子供が絵に描くような家だった。赤い三角屋根に、白いモルタルの壁。桟で四つに仕切られた真四角の窓。濃い青の玄関扉。とても小さな家。

道の後にも先にも、家はその一軒だけである。そこから少し上ったところで、私たちが上ってきた坂道は行き止まりになっていた。後ろは山、前は海。

ここですか。それにしても、すごい眺めですね。実にたいした景色だわ。

「家は、あのとおり。箱だけです。中に何のしきりもなし。ご覧の通り、壁と屋根だけです」

もしかして。

ええ、とジーノは頷いた。

「リグリアで僕に残ったのは、この家とバジリコと棘だらけの常緑樹の植わった花畑と、国語の教師の資格書だけです」

笑うでもなく、嘆くでもない。

ジーノの両親は、カラブリアを逃げ出した小作農のなかでは、出世頭となった。カラブリアとイタリアの所得最下位を競うリグリアで、そして吝嗇《けち》と頑固で有名なリグリア人から土地を無償で任されたという話を、同郷の出稼ぎ仲間たちは誰も信じなかった。オリーブの手入れをして地主から微々たる駄賃をもらい、任された痩せた狭い畑で育てた常緑樹を花市場で売っては小銭を得る。掘っ建て小屋を改装した家に五人で雑魚寝《ざこね》して住み、毎日バジリコの葉を潰してオリーブオイルと拾ってきた松の実を混ぜては、パスタに和えて食べた。オイルと小麦粉と塩は、教会が貧しい人々に配給してくれたのである。

十年一日の如く繰り返される、オリーブと上り坂と家、家と下り坂とオリーブという両親の様子を見ていた地主は、小屋と山頂の小さな畑を自分の生きているうちに贈与したい、と言ってきた。地主には子もなく妻にも先立たれていて、血縁は、不動産と農園を生前分与しろ、と群がり寄る顔も見たことがないような遠縁ばかり。自分が死んだら教会に寄付しようと思っていたが、服も買わず芝居にも行かず、戻る故郷もないジーノの一家を見ているうちに、気が変わった。煩わしいハエのような親戚に対して、あてつけの気持ちもあったのかもしれない。

坂道つきの小さな畑と家は、こうしてジーノ一家のものとなったのだった。


家に入ってみる。中に入ったのに、まるでまだ屋外にいるのかというような、まばゆい明るさだった。台所と浴室用のためだろう、水道管が見えた。

「電気も通っていますよ」

ジーノが上を指差した。見ると、道沿いに下方から、延々とこの家まで延びる一本の電線が見えた。外界と家をつなぐ、ただ一つの接点。風になびいて揺れる電線は、何とも頼りない様子だった。揺れる電線を見ているうちに、ジーノの家をこのまま放っておけないような、いたたまれない気持ちになった。

私が借ります。

急な坂道はどうする。書類や本、家具をここまでどう運ぶのか。果たして、電話はつながるのだろうか。どうする。


「それじゃ、あとでまた。あの、どうもありがとう……」

諸々の心配ごとが私の頭をよぎったのは、坂下まで降りて照れたように礼を言うジーノと別れて、しばらくしてからだった。

しくじった、かな。しかし、いまさら後悔してももう遅い。

なぜそんな不便な家を借りることを即決したのか。一方的に訥々《とつとつ》と続いた独り語りを聞くうちに、ジーノに酔ったとしか思えない。酔いが醒めた今、ジーノからもらった鍵を片手に坂を上り直し、私は再び山頂で家と向き合った。

ふと玄関扉の脇を見ると、壁面に赤やオレンジ、黄色の花が数本描かれている。花の上には白い蝶々が飛んでいる。誰が描いたのだろう。手慣れた筆使いの絵だったが、描かれてからずいぶん時間が経っているのだろう、花の色はすっかり褪せていて、きれいに塗装してある他の壁に挟まれて、いっそうくすんでさみしい花に見えた。


「すみません。あれだけは、どうも消せなくて。先週まであの家に住んでいた人が描いたのです。ステファニア。もうリグリアには戻ってこない」

賃貸契約書やら敷金を渡すために、夕刻に浜辺の売店で待ち合わせしたジーノに、花の絵のことを問うと、あらぬ方を向いてそう言った。十月だというのにまだ外気が十分心地よい浜には、波打ち際までテーブルが並んでいる。

夕凪《ゆうなぎ》か、風はない。

「ジーノじゃないか。元気か」

売店の奥から店長らしき男が首を突き出すようにして、挨拶する。強い、カラブリアの訛。

「やあ。今度、うちを借りていただくことになって」

店長はカウンターから嬉しそうに出てきて、どうも、と私の隣に座った。客は、私たちの他に誰もいない。

「〈うち〉って、ステファニアの住んでいた、あの山の上の家のこと？」

ジーノはうんと頷き、カンパリソーダをごくりと飲んで、そのまま何も言わない。

そのステファニアさんというかた、画家だったのですか。

「えっ？　ああ、まあね。ジーノの弟の嫁さんだったんだけど、いろいろあってね」

ジーノはシャツのポケットから、〈スーペル〉を一本取り出す。カラブリア男は揃って冴えない顔つきで、この様子なら、〈スーペル〉あと二、三本分は沈黙が続きそうである。

では私にも、カンパリ、お願いします。白の発泡ワインで割ってください。

それからしばらく、私たちはそれぞれに無言のまま、潮の引いた海を前にして座っていた。

「僕には、弟が二人いました」

ジーノは、三本目を吸いながら、話し出した。

「なにせあんなところが家ですから、近所に友達がいるわけでなし。貧乏だったせいか、学校でも相手にされない。兄弟しか遊び相手がいないので、結束は実に堅かった。

僕が教師になった頃、弟たちは農作業を手伝いながら簿記の学校に通っていました。『たとえ他人の金でも、勘定してみたい』なんて言ってね。通学用にと、僕は月賦でバイクを買ってやりました。喜んだのなんの。さっそく、兄弟二人で乗って。雨の夜の交通事故でした……」

売店の店長は、やりきれないという顔をして立ち上がり、こちらに背を向けて海を見ている。いくら店子となったとはいえ、ジーノと私は今朝初めて会ったばかりの赤の他人である。季節外れの侘しい海辺のせいなのか。ジーノの人生など、私には関係のない話を聞かされて面倒な気持ちになる。カンパリに酔ったのか。私が地元とは関係がない外国人で、気が緩んだのか。

一方、見知らぬ人の過去に次第に入りこんでいくのは、また蜜の味でもあった。

もうやめとけ、というふうにジーノの肩に手を置いて、売店の店長があとを続けた。

「奇跡的に助かったジーノの末弟は、僕と高校の同級でね。訛が縁で付き合うようになった。その事故の後、彼は坂道を往来するのが無理な体になり、山上の家を出た。で、この店を手伝ってもらうことになったのです」

私は、あらためて浜を見渡す。

水際までの幅の狭い海岸が多いリグリアには珍しく、ここはけっこうな広さである。秋の今でこそ閑散としているが、夏にはこの広い浜も人でごった返すのだろう。毎年、学校が終わる六月になるとリグリアの海は、仕事のある親をミラノやトリノに残して、祖父母に連れられて一足先の夏休みにやってくる子供たちで溢れかえる。近場で、しかもお手頃な海水浴の名所なのだった。

「あの年ステファニアは、この浜で夏休みを過ごしていた。小学校に上がる前の二人の子持ちなのに、人混みでも目立つ美しい人でした」

アイスクリーム一個ください。パニーニはハムとチーズでお願いね。コカ・コーラ三本。あら、あなたリグリアじゃないの？　少し言葉が違うみたい。え、カラブリアですって？　私はミラノ。でも、もう帰らないかも。もう帰りたくない。

「ならばうちへくればいい、と店頭にいたジーノの弟は言い、その翌日から二人は彼女の連れ子二人といっしょに暮らし始めたのです」

昼間、山の上の家で見た壁の花が、くすんだ色のまま目の前に浮かんできた。

夏の浜辺の売店から得る収入は、四人で暮らしていくには吹けば飛ぶようなものだったに違いない。しかしどれだけ不安定な生活でも、他人と交流のない環境で育った弟にとって、ステファニアとの生活は初めて触れる外気で、どれほど新鮮で甘い味だったろうか。

「夏の浜で、噂が広まるのは速い。二人は、ビーチパラソルの下の恰好の話題となった。ステファニアには独特の魅力があって、どこか気取って冷たいところがあるかと思えば、打って変わってそのとき浜にいる人全員にコーヒーを振る舞ったりする。そのあっけらかんとした喜怒哀楽ぶりに、皆、すっかり魂を奪われてしまったのですよ」

そう言って、店長は、カンパリのお代わりを作りに店のほうへ戻って行った。

自分の感情の起伏を表に出すなど、カラブリアの親と男兄弟三人だけの山暮らしでは考えられないことだっただろう。いや、そもそも感情の起伏すら、ジーノ一家には存在しなかったのではないか。

二杯目のカンパリを飲み干してから、黙っていたジーノがまた口を開いた。ぎょろりとした目元は赤く、その目の奥は据っている。

「僕は相変わらず淡々と国語を教え、弟は浮き浮きとアイスクリームを売った。夏が終わっても、ステファニアはミラノには戻りませんでした。アイスクリームがやがて焼き栗になり、栗がホットチョコレートになった頃ステファニアが、『ねえジーノ、これからは私が棘付きの緑の植木を育てて、市場へ売りに行く』と申し出たのです」

ステファニアは下界に恋人を残して、毎日坂道を上がってくるようになった。

「毎朝僕は、自分が坂を下りて行く時間と彼女が坂を上って来る時間がどうかうまく長く重なりますように、と祈りました。バス通勤でなくてよかった、とそのとき初めて思いましたよ。皮肉なものです」

横恋慕。ならばいっそ教職を辞めて、ステファニアといっしょに花の栽培をすればよかったのに。空腹に立て続けに飲んだ二杯のカンパリのせいで、余計なことを言ってしまう。

「弟の最初の恋人ですからね、ステファニアは。それに、『どんなことがあっても、確かな仕事』である教職を、簡単に捨てるわけにはいかないし」

そこまで言って、ジーノは目をつむった。海岸は暮れ始めて、海風が肌寒い。

「このあと、ドミニカ諸島にでも行ってみるつもりです。世界じゅうから、人生を放り投げたような奴らが移り住んでいるらしいんでね」

ジーノは自嘲するような調子で言い、握りつぶした〈スーペル〉の空箱を海に向かって投げた。


インペリアに住むようになって、数ヶ月経った。

毎日通いなれると山頂までの道も、さほど大変ではない。心配していた引っ越しも、ジーノに相談すると、「仕事がなくてウロウロしている連中がいるから」と言い、ミラノからトラックが着いた日、麓で男性三人と待っていてくれた。ジーノは三人に向かって何か指示をしたようだったが、さっぱりわからなかった。強いカラブリア訛だったからだ。

毎日おおよそ決まった時間に山と海を往来するうち、道沿いで会うご近所ができた。ジーノの両親とおなじく、オリーブ農園へ働きに行く農家の人たちだったり、花市場から仕入れを終えて町へ花を売りにいく花商人だったりした。ミラノからいらしたって？　まあ、あのジーノの家を借りてらっしゃるの。へえ、そうなの。

ジーノの家を知らない人はなかった。私がその家に住んでいることがわかると、皆一様にふうんと言ったまま少し考え込むような顔になって、そこから先、ジーノについての話が続くとはなかった。

たまたま近所の農家の若いお嫁さんとバールのカウンターで並び合せたとき、ステファニアのことを知っていたかどうか、思い切って聞いてみた。

ちょっと戸惑ったような顔をしながらも、実は話したくてたまらなかったことだったようで、「ちょっと座って話しましょうよ」と奥のテーブル席まで私を引っ張って行った。

「あの年は、浜じゅうがステファニアにのぼせ上がってしまって。冬になると、得意の絵心を発揮して金粉銀粉で飾り付け、あの使い途のない棘だらけの葉を見事なクリスマス用のリースにしてみせたのよ、ステファニアは。センス抜群だった。

私らなんて田舎者でしょ、刈り入れた花や植木、枝というのは、色や香りはさておいてまず、紐で括りまとめていくらで卸売りするもの、と思ってた。ステファニアのリースを見て、『さすがミラノの人は違う』と感心したわ」

リースは卸すなり売れに売れて、老いたジーノの両親は、「とうとう棘も役に立つ日が来た」と喜んだという。

黒いジーンズに黒のトレーナー。坂道と畑には、運動靴で十分よ。長く伸ばした髪を手早く後ろで束ねるだけだったステファニアが、正月明けの頃から、薄化粧をするようになった。浜沿いに噂が伝わるのは、速かったろう。

お洒落をしたのは、ジーノの弟のためではなかった。

ステファニアは季節ごとに飾りを変えて小粋な花束を作り、ますますの人気を呼んだ。リグリアには、春が他より一足早く訪れる。早春に、楽しげな花束をたくさん積んで、ステファニアはいつもと同じように元気いっぱいで花市場へと出かけていった。そしてそのまま、山頂の花畑にも、浜の家にも、二度と戻ってくることはなかったのである。

その農家の嫁が脚色もおおげさに、ステファニアが町の外で新しい恋に落ちたいきさつを話すのを聞くうちに、私は次第に息苦しくなり、早くバールの外へ出たいと思った。広い海を前にしても、そのときのジーノの凝縮した想い、売店に一人残されたジーノの弟の空虚感を想像すると、やりきれなかった。

「ある日ジーノの弟は足を引きずり、もしかしたら戻って来るかもしれないステファニアに会うために、山の上の家まで上って行ったの。何時間かかったか。途中からは這って上ったようで、家の前で倒れているのが見つかったとき、服は泥だらけですり切れていたのですって」

花が描かれた玄関前で、ジーノの弟は息絶えていた。心臓麻痺だった。

老いた両親は花が枯れるように、弟がいなくなった直後、次々と他界した。

「『やっぱり棘に刺されたなあ』そう言って、ジーノのお母さんは泣いてたわ」

誰も助けてくれない。だから誰もあてにしない。

「これは秘密だけどね、不幸が続いた後ジーノが繰り上げ定年退職をしたのは、自らあの木の棘で両目を突いて、『教職を続けるのは無理』というでっち上げの診断書を医者に書いてもらったからなんだって」

だからカラブリア出身は信用できないのよ、と顔をしかめてその嫁は付け加えて話を締めくくり、私たちは海の前で別れた。

ジーノは父の望んだ通り、確かな仕事から確かな年金を手にしたが、リグリアにもカラブリアにも、一人きりになった彼が戻ろうと思う場所はもうなかった。

山の上の家から、地べたに這いつくばるようにして一生を終えた両親の思い出——といってもごくわずかな衣類とカラブリアから持ってきた十字架だけだったが——を処分して、ステファニアの置いていった絵の具や筆を捨て、壁のひび割れを塗り込め、ペンキを塗り替え、窓ガラスを磨いて、家の歴史をすべて消して、赤の他人に貸すことにしたのである。白紙に戻した、『住み手の個性を生かせる家』を。

『家と海はどうですか。僕は、ここでアイスクリームでも売って暮らそうかと思っている。家を借りてくれて、ありがとう。ジーノ』

カリブ海から絵はがきが着いたのは、ちょうど海開きを翌週に控えた頃だった。

犬の身代金

犬がうちにいなかった頃はどういう毎日だったのか、もうよく思い出せない。

犬と暮らすうちに、出かける時間も、歩く道も、会う人も、足を止める場所も、それ以前とはすっかり変わってしまった。一人だった頃は気が付かなかった風景が、たとえば公園の砂利道の霜や木の下に立つ蚊柱などが目に留まるようになって、こちらの嗅覚や視界まで鋭くなり、住む世界が広がったような錯覚を覚える。

以前ミラノの不穏な地区へ出かけようとしていたとき、女一人では目立つし危ないので犬でも連れていくといい、と勧められた。あの日、治安の悪い一帯を歩いていくうち怖じ気づいて、連れていた犬と目を見合わせたときの連帯感は強烈だった。頼れるのはお互いだけ、と瞬時に得た互いの信頼感は格別で、危ない散歩を終えて犬を飼い主に返しに行った帰路、犬を飼おうと決めた。

犬好きは、思いのほか大勢いた。

飼いたいのだけれど。ふとそう周囲に漏らしたとたん、あちこちから犬探しについての助言が届いた。

「まさか血統書つきなど、考えているのではないでしょうね」

犬はお金で買うものではない、とその人は電話の向こうで大いに憤慨している。そのつもりはないけれど、と私が応じると、「ならば、私がふさわしい犬を探してきてあげる」と、まるで自分が犬を飼うように張り切って言う。

庭もないミラノの家の中で飼うので小型か中型でないとね、やはり、とおずおずこちらの希望を付け加えたところ、

「捨て犬や貰われ先を待っている犬に、大きいも小さいも、メスもオスもないでしょうが！」

と叱られる。

そして一週間も経たないうちに、まかせて、と言ったその友人から電話があった。

「昨日生まれたばかりの犬が、四匹。明日の午後、行って、見て、決めて来て」

取り付けてくれた約束の時間と場所を告げ、そんな藪から棒に言われても、とうろたえる私に、「絶対に気に入るから」と、友人は電話を切った。

子犬探しに際して友人はまず、公園に近くて、品の良さそうな住宅街を選び出し、さらにその中からこれぞと思うマンション数棟に目星を付けてから、その管理人たちを順々に訪ねて、

「このマンションの住人で、犬を飼っていて、子犬が生まれそうなところがあれば、すぐにご一報ください」

と頼んで回ったのだという。

公園に近いところなら、犬を飼っている人も多いだろう。

品が良い住宅地区なら、粗暴な犬も飼い主も少ないのではないか。

運が良ければ、由緒正しき子犬も見つかるかもしれない。

張り紙では、当てにならない。

噂話と世話焼き、そして駄賃に目がない管理人たちに直に頼めば、子犬情報は、速く確実に手に入るはず。

友人は、そう考えたのである。

私は大いに感心して、言われた通りに約束の場所へ行った。小学校だった。子犬を生んだのは、用務員の飼い犬だった。

「母犬も父犬も、うちの犬ですから」

放課後の学校を訪ねると、用務員のジョヴァンナは、さっそく親犬と子犬が待つ家へと案内してくれた。学校の中に、彼女の家はあった。

「さあ、どうぞ」

正門をくぐって校舎に入り、廊下をしばらく歩くと行き止まりになっていて、その先にあるドアを開けると、そこから先がジョヴァンナの家なのだった。

一歩入るなり、黒い犬が吠えかかる。

「父です」

二歩ほど進むと、茶色の犬が唸る。

「母です」

いらっしゃーい、と小学校低学年の男の子が二人、床に這いつくばったまま顔だけ上げてこちらを向き、声を張り上げて挨拶した。

そこにいる、の？

兄のほうが、ほら、と一匹つまみ上げて自分の手の上に乗せ、こちらに子犬を見せてくれる。

それは、灰色とも茶色とも、何色とも形容しがたい、切なくて暗い色をした、運河でよく見るドブ鼠そっくりの生き物だった。

親は丈夫そうだが二匹ともまぎれもない雑種で、子犬が成長したらどういうふうになるのか、どのくらい大きくなるのか、そのツルツルした黒っぽい生き物の様子からは、まったく見当もつかなかった。

四匹のうち三匹はすでに、貰われ先が決まったという。

「こいつ、きっと大きくなるよ。ライオンみたいにでかくて強くなるように、〈レオン〉っていう名前にしたらどう？」

こうして、純雑種レオンはうちへ引き取られることになった。

犬が来て、生活は一変した。

ミラノの冬が、連日雨であることを忘れていた。十月から、朝の気温が零度近くに下がることも、忘れていた。

犬はところが、散歩を忘れない。そして犬は、早起きである。

まだ真っ暗な冬の朝、目をつむったまま、とりあえず手に触る洋服を摑んで纏《まと》い、帽子を深く被り、鼻下までマフラーを巻き上げ、外に出る。犬と出る。幸い公園は目前の広場を渡ったすぐ先にあり、行って帰って、二十分もあれば用は済むのだった。

どんな天候でも、どんな体調でも、いつも犬は散歩を待っている。散歩の時間は次第に定刻となり、たとえ早朝でも公園に行けば、誰かしら犬連れに会うと知った。バールにしろ公園にしろ、無作為に人に会うような場でありながら、通う時間帯が決まると、出会う顔ぶれが決まってくるのが面白かった。バールのコーヒー仲間も公園の犬仲間も、ご近所、ということでは変わりない。

自分がどういう恰好で歩いているのか、そういうことを考える余裕なく家を出て来ている。いくら顔見知りになったとはいえ、立ち話などしてこちらの風体をじっくり見せるわけにはいかない。最初は会釈だけだったのが、そのうち互いの犬の名前を尋ね合うようになる。年齢も聞いたりする、犬の。犬種や出生地なども問う。レオンは、成長してからシャンパン色になっていて、珍しいのか、必ず犬種を問われる。雑種と答えるのも愛想がないように思え、シヴェリアン・シャイアーです、などとありもしない名前を言ってみる。

「ふうむ、聞いたこともない。さぞ稀《まれ》なのでしょうねえ」

私は黙って、自慢げに笑い返す。気がつくと、それぞれ起き抜けの恰好のまま、すっかり話し込んでいるのだった。

朝の散歩を重ねるうちに、飼い主の多くが自分の犬しか見ていないことに気づく。二言三言交わしながら相手の犬を見やると、姿恰好から仕草までが飼い主とそっくりなのだった。

辛い冬が明ける頃には、いつも顔を合わせる五人揃って、散歩帰りに朝刊を買いそのままバールへ寄る、というのが日課になっていた。

男性三人、女性二人。職業も年齢も趣味も出身もばらばらで、全く接点がない五人は、犬という共通項だけで、朝一杯目のコーヒーを共に飲む仲となった。

飼い主自身すら閉口するほど散歩で泥まみれになった犬を、しかも五匹も引き連れて、開きたて、掃除したてのバールに入る。

早朝番には、店主ではなく雇われの若者がカウンターの向こうにいる。

帽子やらマフラーですっかり着膨れした正体不明の恰好で、五人、わらわらと汚い犬を連れて入る。コーヒー一杯だけの客なのに、その若者は厭な顔ひとつしない。文句を言うどころか朝日のような笑顔で、おはようございます、と実に清々しい。

「はい、ご苦労さん」

五人のうち最も犬歴の長い女性パトリツィアが、五ユーロ紙幣を丸めてその若いバールマンの前掛けのポケットに、絶妙のタイミングで入れる。

「悪いっすねえ、いつも」

こうしてまた翌朝も、どんな犬を連れていこうが、どんななりで入ろうが、笑顔とともにコーヒーが出されるのである。

保健所の通達で、動物は飲食店には連れて入ってはならない。他の客の手前もあるので、私たちは静かに店の奥まで入り、大急ぎで犬を足下に追い込んで、テーブルに着く。五人のうち二人だけがまっとうな勤め人で、私を含む残り三人は出勤時間がない自由業だ。

勤める二人の時間に合わせて、十五分だけ座る。

雑談には暗黙の了解がある。それぞれの私生活には立ち入らない。仕事の話もしない。恋愛関連の話題など、論外である。政治や宗教の話は、公園脇の教会の司祭がミサ開けに熱心な信者を伴ってバールに入って来るときだけ、バチカンへの不満など聞こえよがしにぶつぶつ言ってみせる程度で、左であろうが右であろうがどうでもいい。そもそも起き抜けから時事放談など、品がない。

それでもコーヒーを重ねるうちに、各人各様の事情がぼんやりとわかってくるのだった。尋ねられないままにも、自ら小出しに身の上を話す人あり。あえてある話題に及ぶと話を逸らすので、まさにそれこそがその人の秘密の核心らしい、とわかったりする。とりとめのない雑談のようでありながら、実は無意識のうちに互いを詮索するような、微妙なやりとりになる。五匹の犬たちはテーブルの下で鼻を突き合わせ、じっとコーヒーが終わるのを待っている。

コーヒー代は、有無を言わせず、男性三人が持ち回りでご馳走してくれる。

遠慮なく会計は男性に任せ、パトリツィアと私は、入って飲んでしゃべって出るだけ、を繰り返す。

いったんバールの外に出ると、五方向に分かれて、そこから五人それぞれの一日が始まる。ご近所なので、ときたま町中でばったり会うこともあるものの、じゃあコーヒーでも、とはならない。あるいは、わざわざ約束してまで、会ったりはしない。あら、やあ、また明朝ね、さよなら。

公園と界隈の犬事情を長らく総括している、女王パトリツィアはともかくとしても、新参の私にはバールの若者に恰好良くチップをやれるほどの品格があるわけでもなく、かといってこのままコーヒー代を世話になり続けるのも気が引けた。

どのように返礼すればよいだろう。

ドッグフードか犬用シャンプーでも贈ろうか。しかしそれではいかにも凡庸である。形ばかりにこだわっていて、真心に欠けるかも。

五人組の最年長は、建築家のニコラである。建築家と言っても、この数十年で設計図を引いたのは、自宅の風呂場の改築のときだけ、と言う。長年、銀行の貸し付け課と業務契約していて、不動産を買うためにローンを申し込む客があると、その銀行からお呼びがかかって、対象物件の査定をする。それが、ニコラの仕事だった。

ニコラが銀行へ呼ばれて行く日は、すぐにわかった。いつもならトレーニングウエアの上下なのが、ネクタイにスーツで隙なくきめて公園へ来るからである。しかしほぼ毎朝、数着のトレーニングウエアを着回して現れるところを見れば、結構、暇なのだろう。不動産の鑑定がないときは、朝から晩までコンピューターに張り付いているそうで、やれ掘り出しものの中古自動車を見つけただの、外国製の珍しいサーフィンボードなど購入しただの、コーヒーを飲みながら得意げに話している。実は愛犬もネットで見つけて、わざわざミラノからシチリア島まで捨て犬を引き取りに行ったらしい。

あと二人の男性は、マルコとブルーノ。同じ三十八歳で人生ここまで異なるのか、というほどこの二人に接点はない。

マルコは機械技師だが、最近スイス系の勤め先から突然、解雇を言い渡された。それは大変だ訴訟だ、とコーヒーを飲みながら皆が同情し憤慨していると、

「これを機に自営となり、工場機械の設計などして特許でも取ろうかと思う」

とのんびりと言い、

「事務所用にアパートも買った」

隣で、同い年のブルーノはコーヒーをぐいと飲み干し、苦いな、と顔をしかめている。バールでの見栄話なのかというと、そうでもないらしい。学校へ通う子がいるというのに焦って仕事を探すふうでもなく、マルコはのんびりしている。

これからどこかへ出勤するわけでもないのに、どんなに朝早かろうが、どれほど横殴りの雨が降っていようが、マルコはプレスの利いたズボンに粋な替え上着を合わせ、磨き上げた革製のスニーカーで公園にやってくる。マルコが悠々自適なのは、彼がミラノでかなり知られた資産家の子息だから、と界隈の事情に精通しているパトリツィアがこっそり教えてくれた。

「しかも奥さんは、八歳年上だって」

パトリツィアは、大手新聞社ミラノ支局の総務に勤めている。

ブルーノは、独り者である。経済学部を出た後、一年間バイトしながらスペイン各地を放浪し、イタリアに戻ってからもそのまま旅する青年を続けているうちに、気づいたら臨時雇用のくたびれた中年男になっていた。派遣は真っ先に首切りされる立場にあって、毎日ブルーノは気が気でない。早足で公園へ向かい、途中のんびり歩いているマルコを追い越し、飛ぶように犬と公園を一周して、やっと公園の入り口に着いたマルコを引きずるようにしてバールへやってくる。

「あと二十分以内に、会社に行かなくちゃ」

バイク便が、ブルーノの今の仕事である。


あの皆さん、朝から何ですが、拙宅で天ぷらなどいかがでしょう。

ある朝いつもの奥まった席で、皆を夕食に誘ってみる。うわあ、と派手な歓声をあげて四人は一斉に立ち上がる。皆に喜んでもらえたのはよかったが、テーブルの下で待機している五匹の犬のことを、そのとき私はすっかり忘れていた。


「こんばんは」

玄関を開けるとそこには、大きく微笑む女王パトリツィアを最前列に、勢揃いした一族郎党が後ろに控えていた。私はすっかり度肝を抜かれて、挨拶もろくにせずにそのまま皆の姿に目を見張った。

犬の散歩用のどうでもよい普段着姿を見慣れていたので、まさか拙宅での夕食ごときに、皆が正装して来るとは思いもよらなかったからである。

ハイヒール。セットしたての髪。深紅の口紅。絹のポケットチーフ。揺れて輝くイアリング。帽子。香り立つオーデコロン。

気合いの入った恰好の飼い主の背後には、もちろん四匹の犬たちもずらり。すでに焦《じ》れて、低く唸り始めている。全員、犬連れでやってくるなんて。

犬が五匹。ヒト八人。

かつて警官二人を自宅へ招待したとき、ともに食事をするとこうも打ち解けるのか、と目から鱗の落ちる経験をした。一口ごとに、建前の皮が一枚二枚と剝がれていくのが見えるようだった。食べては剝ぎ、剝いでは核心に近づき、食事が終わる頃にはすっかり心が通い合い、肩でも組みたいような気分になっていた。

厳しい警官が相手でも、あそこまで親しくなったのだ。すでに顔見知りの犬仲間なら、さぞ食卓は盛り上がり、以後の友情はどれほど堅牢になることか。朝十五分のコーヒー時間はまるで早口のラジオ番組のようだが、連れも含めて全員集まっての食事となると、映画とまではいかなくともテレビドラマくらいには発展するのではないかと期待する。

飼い主たちが家に入り、コートを脱いだり持参の土産を渡すのを合図に、放し飼いの五匹の犬はついに家じゅうを嗅ぎ回り出した。

「さあ、飲み頃に冷えてるから」

パトリツィアは、大きな紙袋から一・五リットル瓶のワインを出す。定年間近の彼女は、声も大きく体軀もふくよかだ。海千山千の前線記者や警察番とも、丁々発止で意見を交わす。言いたいことは、正面切って言う。仕事でも公園でも、何事にもたじろがず、そして懐も広い。

彼女の犬は、ジャーマン・シェパード。五人組の犬のなかで唯一、血統書付きである。

「〈マグナム〉っていうのよ、これ。でかいでしょ」わっはっは。

栓抜きしたのは、パトリツィアの夫である。パトリツィアが雄弁な分、彼は無口で、マグナムを脇に置いて手酌でひたすら飲み続けている。今晩の二人は、まぶしい黄色のセーターのペアルックである。

「私らの年はね、〈高校の裏口、博物館の玄関〉よ。いい年して若作りしたり、必要以上に老け込むのは御法度ってこと」

「僕のお土産は、ニュースです」

今日こそは自分が主役、とばかりに満面の笑みで独身中年ブルーノが宣言しながら、食卓の真ん中に大きな紙箱をどんと置く。

「わあ、チキンだ！」

舌なめずりして、マルコの小学生の娘が叫ぶ。舌なめずりして、五匹の犬が吠える。箱にぎっしりと詰まっているのは、まだ湯気の立つ鶏の唐揚げである。

「夏前に受けた、チキン唐揚げチェーン店の採用試験に受かって、来春から晴れて正社員として雇用されることになりました」

一番先にブルーノに駆け寄り抱きついて祝うのは、マルコ。そして、建築家ニコラが続く。それを見てパトリツィアは、マルコの姉さん女房と涙ぐんでいる。子供はチキンを両手に握って頰張り、マグナムを一人で抱え込み舟を漕ぐパトリツィアの夫の脇では、ニコラ老夫婦が初めて食べる天ぷらを箸で摑めずに立ち往生している。まだ半泣きで、ときどき盛大に鼻をかむパトリツィア。テーブルについて、出社第一日目には何を着ていったらいいか、マルコの姉さん女房はブルーノに丁寧に手ほどきしている。マルコは、と見回すと、テーブルの下にかがみ込んで、犬たちが鶏の骨で喉を詰まらせないように、丁寧に肉をほぐしてやっている。鼻を鳴らして集まる、犬五匹。

私は黙々と給仕を続ける。

犬はそれぞれ縄張りを決めたらしく、ソファーの上やらどこかから引っ張って来たクッションの上で、油たっぷりの鶏をなすり付けながら一心不乱に食べている。

八人五匹、好きなものを好きなように食べて飲み、

「じゃあ、また明日公園で」

女王が締めくくって、深夜零時を回った頃、ヒトと犬との夕餉はお開きとなった。

「ちょっと話があるのだけれど、会える?」

それから数日後、パトリツィアから電話があった。いつもの朗々とした調子とはうって変わって、声は硬く早口である。

「込み入った話なので、会ってから」

早々に電話を切られて理由はわからず終いだが、事態は深刻そうで、早速他の犬仲間三人に

も連絡を入れ、夕食後にうちへ集まることになった。

「ええ、マジかよ!」

ブルーノが突然、大きな声をあげる。マルコは、信じられないね、と繰り返しながら首を振り、ニコラは一言もないまま腕組みをして、パトリツィアを見ている。

犬が誘拐されたらしい、というのである。そんな。

「天気もいいので、今日は犬連れで出社したの。で、昼前に様子を見に行ったら、ジムがいなくなっていて」

ジムとは、パトリツィアの愛犬のことである。勤め先の新聞社は、犬と行く公園からほど近いところにあり、ちょっとした中庭がある。勤続四十年になるパトリツィアは、もはや新聞社の一部のようになっている。総務部の最古参の彼女に任せておけば、たいていの用件はテキパキと片付き、ミラノ支局では、パトリツィアのほうが支局長より有名で頼りにされているといってよかった。そういうこともあって、犬同伴の出社もパトリツィアに関してはあれこれ言う者などなく、むしろジムはミラノ支局のマスコットのような存在で、飼い主同様、有名で人気があった。

「記者やカメラマンたちも総出であちこち探したのだけれど、どこにもいない。勝手に外に出て行くような犬ではないし、『きっとこれは、事件に巻き込まれたに違いない』と警察番記者が言い出して」

「たまたま通りかかった春爛漫なメス犬に、そのままフラフラついていったんじゃないの」

「ちょっとあんた、今なんて言ったのさ？」

パトリツィアがあまりに深刻な様子なので励まそうとしたのだろう、ブルーノが笑いながら茶化して言ったとたん、パトリツィアは勢いよく立ち上がり、今にもブルーノの胸ぐらにつかみかからんばかりの憤慨ぶりである。

まあまあ、とニコラが間に入りながら、

「それで？」

今まで怒っていたパトリツィアは目に涙を浮かべて、セーターの袖口から皺くちゃのハンカチを取り出しながら、

「夕方ね、電話があったの」

と言い、ちーんと鼻をかむ。深いため息をついて、

「電話をかけてきたのは若い男で、『ジムというのは、そちらの犬ですかね』って人を馬鹿にしたような調子で聞いたのよ」

男は説明した。

公園を歩いていたら、犬が一匹、うろうろしている。しばらく見ていたが飼い主の姿は見えない。野良犬なのだろうか。迷っているのかもしれない。近づいてよく見ると、首に〈JIM〉と彫ってある札を付けている。その裏にあった電話番号にかけてみた。で、あなたの犬ですか。

「よかったじゃないの、見つかって」

マルコがのんびりと言う。パトリツィアは睨み返して、

「のらくらしてる場合じゃないのよ、あんた！　まだ続きがあるんだから、ちゃんと最後まで聞きなさい」

皆、耳を傾ける。

「そいつはね、『今晩十一時半に、スフォルツェスコ城裏の公園まで、犬を連れて行きますけど、ね』って、言ったのよ。やたらと丁寧で、だからよけいに薄気味悪かった」

いくら観光名所として有名な城とはいえ、その裏の公園で、しかも夜十一時半ともなると、車も人も通らない。どうも、ややこしそうな話である。

「そうなのよ。なんでそんなところに深夜に呼び出されるのか、と不審に思う間もなく、そいつは続けてこう言ったの」

大切なワンちゃん、なんですよね。家族同然なんでしょうねえ。かわいいもんなあ、こいつ。おいジム、早く家に戻りたいだろ。おまえ、新聞社から公園に行くまでの道、車に撥ねられずによく無事だったよなあ。ねえ奥さん、お忙しいんだったら、このまま外回り環状路にでも放してみますかね？　お利口なようだしさ、りっぱにお宅まで戻るかもしれませんよ。いや、この時間は暴走族が多いかもな。

で、どうします？　公園まで引き取りにいらっしゃるの、来ないの？　え、どうなんだよ、

おい。

「で、いくら包む？」

腕組みをしたままのニコラが、ぼそりと低い声で言う。

へ？　とブルーノはニコラを覗き込む。

「これくらいかしらね」

右手を上げて拡げてみせる、パトリツィア。〈五〉。

え？　五十、五百？　それ、ユーロ？

「僕が、貸そうか？」

提案するマルコをチラと横目で押さえてからニコラは、

「うちのバンは八人乗りだ。皆で行こう。身元が割れないように、帽子にマフラー、マスクにサングラスも忘れるな」

皆に向かってそう言い渡した。この近くの広場に十一時にふたたび集合することを決めて、準備のためにいったんそれぞれの家へ戻ることになった。

親切な通りがかりの人が迷い犬を保護して連絡をくれた、というような美談ではなかった。

そもそもこの男は、パトリツィアが犬を連れて新聞社へ入るところから、目を付けていたのかもしれない。ジムは中庭で放し飼いにされて主人の退社を待つ、という日課もあらかじめ知っていたのではないか。

犬を見つけて、守ってやった、お返しいたしますよ、やはりそれなりの〈謝礼〉をいただかなくてはね。

これはれっきとした誘拐で、奴らは犬の身代金を要求してきたのである。

それにしても、この界隈に犬は多数いるのに、なぜよりによってジムだったのだろう。ジムはジャーマン・シェパードで図体が大きいし、誘拐して連れ歩くにはいささか不便ではないか。見知らぬ人に連れ去られて、ジムは無抵抗だったのだろうか。

「睡眠薬か麻薬でも打たれたのかも」

ぼつりと言ったマルコの言葉に、パトリツィアは蒼白になって目を剝いている。

麻薬……まさか。突然、思い当たることがあり、私は色を失った。

私がミラノの暗黒街へ行った際、警官カルロの愛犬をわざわざ借りて、連れて歩き回った。カルロの愛犬は、ジャーマン・シェパードである。飼い主にとって違いは歴然だが、他人から見たらカルロの犬もジムも同じジャーマン・シェパードで見分けはつかない。あのとき私は一帯をけっこうな時間、犬と歩き回った。ややこしい取引の拠点とされる胡散臭いバールにも入って、コーヒーを頼んで店主と雑談を交わした。もちろん全行程、犬連れで。どれも同じに見える、ジャーマン・シェパード連れで。あの地区を、ひとり東洋人が長時間歩き回れば、犬は目眩ませどころかむしろ、目印となって余計に目立ったのかもしれない。

今日、このあたりをうろついていた怪しい東洋人を探し出せ。犬連れだったから近所にいるはずだ。ジャーマン・シェパードだ。二度とウロチョロしないようにこらしめてやらないとな。と言ったどうか。でも私には、まつわりつくような南部訛の男の声が耳元に聞こえるようだった。

「朝、公園でジムといっしょにいるところを見た奴らは、ジムが君の犬だと思った、と言うわけ？」

訝しげなブルーノに、私は頷く。

「話としてはそのほうが面白いけれど、そんな手間ひまかけてカツ上げするほど、たいそうな東洋人でもないでしょ、あなたは」

ニコラは、ふふんと私たちの会話を鼻先で笑い飛ばし、心配するなというように私の肩を叩きながら、

「最近ミラノでは、ペット誘拐事件が頻発しているらしい。『見つけた』と連絡されて、取り戻したくない飼い主はいないからな」

そう言い、パトリツィアを見る。あたりまえでしょ、と頷く女王。

いったん家に戻ったニコラは、さっそくインターネットで過去の事件簿を調査して来て、

「身代金の相場は、五百から三千ユーロらしい」

広場にふたたび集合した私たちに教えてくれた。

たかが犬、されど犬。

「この際、額の問題じゃないわよ」

マスクを外して、パトリツィアは憤慨して叫ぶ。黙って聞いていたマルコがぼそっと、

「でもカツ上げされたら、やはり現金で払わないと。こんな深夜、銀行はどこも開いてませんよ」

そう言われてみると、たしかにその通りである。恐喝されて持っていくのに、現金でないと足がつく。小切手は渡せない。しかしここはイタリアで、現金自動支払機から下ろせる現金は、一日につき五百ユーロと上限が決まっている。

一人五百ずつ下ろして、犬仲間五人で合計二千五百。吹っかけられてもいいように、念のため相場上限の三千は携えて臨みたい。

「ひとまずここは僕が、不足分を出しておきますから」

マルコは言い、まかせておいてと胸を叩いてみせる。

悪いわね、恩に着るわ。パトリツィアはハンカチを手に、すでに目を潤ませている。

時間を無駄にしている場合ではない。それぞれがキャッシュカードで現金を下ろしてきて、バンに乗り込み、いざ出発。目指せ、城の裏の公園へ。

乗り込んでから、あらためて同乗している犬仲間を見回してみる。

たしかにニコラは、身元不詳になるように身繕いするよう指令した。しかし、変装にも限度とセンスというものがあるのではないか。

マルコは、その服をいったいどこから引っ張り出してきたのだろう。〈タバッロ〉という、足首まであるたっぷりした濃紺のマントコートで集合場所へ現れた。映画監督フェッリーニが愛用した粋な外套で、わかりやすく言えば、ドラキュラ伯爵のマントである。いまどきそんなコートは町中はもちろん、古着屋ですら見かけない。身元不詳どころか、一度見たら忘れられない、というファッションではないの、それ。もちろん頭には、ツイードの洒落たハンチング帽が載っている。「〈ボルサリーノ〉のビンテージなんですよ、これ」マルコは自慢する。その場違いぶりが、世間擦れしていないぼんぼんそのものだ。

残高不足で五百ユーロが引き出せなかった独身ブルーノは、なんと勤め先のフライドチキンチェーン店の制服姿で、バンに乗り込んで来た。

「制服って、〈形を同じにする〉っていう意味でしょ。これ着たら、みな同じに見えて紛れるもんね」

鶏のトサカを象《かたど》った赤い帽子に、胸元に大きく〈パオリーノのチキン〉と商号が赤で染め抜かれた白いつなぎ姿は、夜目にも遠目にも、強烈な存在感である。

本件主役のパトリツィアは、顔半分以上を隠すマスクに女優のような大ぶりのサングラスをかけている。

誘拐事件、恐喝事件かもしれないのに、バンの中ではいつの間にか「気付けに」とパトリツィアが持参した、グラッパの瓶が回って来る。

運転するニコラと私たち四人を乗せたバンは、十五分ほどで約束の場所である公園に着いた。十八時以降、公園の門は閉まっているため、あたりには人気がない。外灯ががらんとした公園を照らし、それがかえってうら寂しい。

待ち合わせの場所には、電話をかけてきた男の姿も、待ち合わせふうの車も見えない。相手が一人でやってくるとは限らない。チンピラたちが大勢でやってきたらどうしよう。停めたバンの中で待っていてそこを急襲されたら怖いな、とニコラが言い、ならば男が現れるまで、そばのロータリー交差点をぐるぐる走り回りながら待とう、ということになった。ロータリーから、公園口がよく見えるからだった。

いったい何周しただろう。この時間にロータリーを回る車などなく、停めて待っていようが回り続けようが、こちらの存在は一目瞭然なのだった。

突然、白いミニバスが闇の中から走り出てきた。窓にはカーテンが引いてあり、見えるのは運転席と助手席だけである。

やあ。想像したより若い男が、ぐるぐる回る私たちに向かって、躊躇することなく笑って手を上げた。

「き、来たぞ」

深呼吸してニコラはゆっくりとロータリーから出て、公園口から少し離れたところで車を停めた。「いざとなったら、運転を頼む」と私たち女性二人に言い残し、ニコラとマルコ、ブルーノの男性陣はバンを降りて、ロータリーを挟んで反対側へ停まったミニバスへ向かって歩き始めた。揺れるトサカと優雅なマントの後ろ姿は実に滑稽で、事態をつい忘れて、パトリツィアと私は思わず吹き出してしまう。

運転席から降りてきた男はごく小柄で、我らが男組三人がとり囲むようにして立ち、話している。

五分も経っただろうか。ピュウという聞き慣れたブルーノの指笛が聞こえたかと思うと、ミニバスから犬が飛び出してきた。まるで射放たれた矢のように、犬はこちらをめがけて全速力で駆けて来る。

「ああ、ジム！」

それだけ言って、あとは言葉にならない。涙のパトリツィアにしかと抱かれたジムは大きく舌を出し、嬉しそうである。

私は、バンのエンジンをかける。ニコラたちが戻ってきたら即、車を出して一刻も早くここから逃げ出せるように。もしカーチェイスにでもなったらどうしよう。

もろもろの心配は、取越し苦労だったようだ。三人は、悠々と歩いてロータリーを越え、笑いながら互いの背中を叩きあったりしている。

早く乗って。

「そう慌てなさんな。だいじょうぶだから」

そう言うニコラに続いて、

「さすが、ブルーノは現場処理に強いね」

つくづく感心した、とマルコが大げさに褒める。

「南部訛でもなければ、怪しげな風体でもない、ごくふつうの若い男だった」

ニコラは説明した。ミニバスの男は三人に会うと、こう話し出したのだという。

公園でジムを見かけたとき、捨て犬かと思った。自分は無類の犬好きである。これは天からの授かりもの、と嬉しくて、犬に近づいて「来いよ」と声をかけてみたら、嬉しそうについてきた。家に連れ帰ってよく見たら、首輪には電話番号が入ったメダルがついている。しかも、五つもの番号が彫り込んである。飼い主は、きっと大変な愛犬家に違いない。この犬の愛想がいいのも、育ちがいいせいだろう。

おい、どうするお前。犬に問うてみる。

クゥーンと、犬は切なく呻く。

そうか。戻りたいか。

『さっさと返して来てよ!』

すかさず後ろからは、妻の不機嫌そうな声が飛ぶ。

ローンで手に入れたばかりのアパートに、妻は身重。俺は解雇されたばかりで、次のあてもない。そんなうちで飼われたところで、おまえ、幸せにはなれないよなあ。


「で、いくらにする？」

ニコラとマルコが冗長な男の話にしんみり聞き入っているところ、ブルーノは木で鼻をくくったような調子で、ずけっと切り込んだ。

男は、びくりとして口をつぐむ。

「ローン一ヶ月分でどうだ」

ブルーノが詰め寄る。

いや、その、金が欲しいわけじゃないんだ。

「あっそ。なら今すぐ、このまま連れて帰るよ、犬。すまなかったな、面倒かけて」

犬を呼ぶため指笛を吹こうと手を口元へ持っていこうとしたブルーノに、助手席から大きなお腹を揺すって降りて来た、男の妻がこう言った。

「二ヶ月分で、どうよ」

おう、よし手を打とう。

一千ユーロを目の前で数えてみせて、男の妻に手渡すブルーノはきびきびとしていて、「僕らもうっとりするほど、恰好よかったんだから」とマルコが興奮気味に説明する。

ピュウと指笛を吹いたあと、ブルーノが男の妻に向かって、

「将来あのジムに子犬が生まれるようなことがあったら、一匹やるよ」

と言ったら、妻は札をポケットに詰め込みながら、

「亭主でじゅうぶん間に合ってる」

と返し、じゃあ、と今度は彼女が運転席に座り、「あんた、さっさと乗りなさいよ」と路上でぼうっとしている男に向かって顎をしゃくり、ミニバスは猛スピードで走り去っていった。

パトリツィアと私はエンジンをいったん止めて、ブルーノに二人で抱きついて貢献を褒め感謝した。

赤いトサカがややずれて、それでもチキンは誇り高そうに天を向いていた。

サボテンに恋して

目の前に座っている青年は、サルヴォという。今日会うのが初めてだったがいきなり拙宅に来てもらったため、互いに何となく気詰まりである。居間に案内して椅子を勧めると、こちらがお茶を出すのも待たずに、サルヴォは大きな鞄からあれこれ取り出して、テーブルの上に並べ始めた。見ると、それは缶詰や瓶詰、袋詰めの食品だった。まず挨拶ぐらい済ませてからでもよさそうなものなのに、照れ隠しなのだろうか。次々と食品を取り出す手は休めず、ぼそぼそと自己紹介を始める。声が小さいうえに訛《なまり》が強く、ところどころ何を言っているのかよくわからない。聞き返すのも気が引けて、私は黙って座ったまま、目の前で懸命に作業しているサルヴォを見ている。

瓶をきちんと並べるのに気を取られたのか、えーっと、あのう、とそのうち言葉に詰まり始め、やがて口上のほうは留守になった。

よほど緊張しているのか、額にはうっすらと汗が浮かんでいる。卓上にまっすぐ二列に並べられた瓶は、互いに触れ合ってカタカタと音をたてている。サルヴォの手が震えているからである。

「真面目な奴でね。郷土の特産物を商品にするのが夢なんだってさ。で、将来は日本にも売りたい、って。ちょっと相談に乗ってやってくれないか」

過日、大学時代の友人から電話があった。ファッション業界で働くこの友人は、ミラノ在といっても国内外を飛び回ってばかりいて、自宅でゆっくりする暇もない。しかしいざ時間ができると、やれ話題のレストランだの人気クラブだの、と遊び回るのにも忙しい。気楽な熟年の独身男なのである。もう何年も会わないままだが、それでもたまに思い出したように電話をしてきては、各地で見聞きしたことを話してくれる。シチリア島のシラクサから戻った夜に電話をかけてきて、現地で知り合ったというこのサルヴォの話が出たのだった。

「生まれてこのかた一度も、シチリア島から出たことがないらしい。外国人はもちろん、半島側のイタリア人の友達すらろくにいない。まあ天然記念物でも見るつもりで、会ってやってよ」

サルヴォは、いったん鞄から出したものを並べ終えてから自己紹介に移ったほうがよさそうだ、と思い直したのだろう。今はキッと口をつぐんだまま、食品を並べる作業に全神経を集中している。

二十五歳、と聞いている。かなりの長身で、スポーツでもするのか、肉厚で頑丈な体軀である。グレイストライプのフランネルのスーツで決めてきた。しかもダブルである。生地はやはり英国製なのだろうか。薄いピンクのシャツに幅広の大きな柄入りのネクタイを合わせている。ポケットチーフも見える。照り光る靴には、履き皺の一本もない。黒々とたっぷりの髪は今にもヘアローションが滴り落ちんばかりで、定規で引いたような筋をつけて梳《と》かし分けている。腕時計はやや古めかしいデザインながら、金時計で黒いワニ皮のベルトが付いている。

全身、新品の一張羅で、その趣味は保守的で無難であり、式を控えた花婿を見るようだ。しかし小股が切れ上がるような感じはなく、どことなくもたついた印象を否めない。ひとことで言えばそれは、いきなり瓶を並べ始めてしまう不器用さと同様、田舎臭さそのものなのだった。

「サルヴァトーレです。日本でビジネスを始めるご相談に来ました。いっしょに手を組みましょう」

やっと狂いなく二列に整列した瓶や缶詰を前に、シチリアから出てきた青年は姿勢を正してから開口一番そう言い放ち、私の返事を待たずに爽やかに手を差し出した。さっと伸ばしたその手元から、カフスボタンのついたピンクのシャツの袖口が見える。

どうも。

私も立ち上がって、しかし手は差し出さず頭だけ下げて、また座る。

サルヴォは自分の手だけが宙に浮いたのをおずおずと引っ込めてから、ようやく座った。

「ご友人のパトリツィオとは、シラクサのクラブで知り合いました。あれこれ話すうちに、『一度ミラノに行ったほうが、話は早い』と勧められて。そのとき周りで話を聞いていた地元の客たちも、『交通費をカンパしてやるから、俺たちを代表して行って来い』って」

聞くと、サルヴォはそのクラブで働いているのだった。バーテンやディスクジョッキーではなく、踊り子として。長身で体軀がいいばかりではなく、サルヴォは見とれるような美男子である。

高校を卒業した頃、シラクサ市内を歩いていて、サルヴォはクラブのオーナーから声をかけられた。それから今にいたるまで五年間、毎週欠かさず金曜と土曜の夜、そのクラブへ勤めに出ている。仕事は、店に出ること。そして、ときどき舞台に上がって踊ること。それだけである。

ギリシャ彫刻のようなサルヴォをひと目見ようと、ずいぶん遠くからも客はやって来る。どうやら私の友人も、サルヴォ目当ての常連客の一人らしかった。

シラクサは古くから港町として栄えて、その町の様子はイタリアでもなければアラブでもなく、現代かというと古《いにしえ》から時間が止まったままのようでもある。正体不明の神秘的な町である。

朽ちた石壁に囲まれた裏道で突然、このサルヴォと出会ったら、誰でも自分がどこにいるのか、一瞬うろたえることだろう。町にもサルヴォにも、人を幻惑に誘い込む、何とも妖しげな魅力があるのだった。

「僕はシラクサではなく、カルレンティーニという町の出身です。小さいけれど、地図にも出ている。柑橘類がよく育つので、昔から有名なところですから」

ここです、と今度はシチリア島の地図を鞄から出して、拡げて村の場所がある内陸の一点を指差してみせた。

シチリア島の南東にカルレンティーニ、その対極にパレルモがある。その二つの町を結ぶ内陸路の線上に、コルレオーネという字が見えた。

あのコルレオーネなのだろうか？　マフィアの巣窟の、あの村。

サルヴォは、笑うような笑わないような、どちらでもないような顔をし、そうですよ、と小さい声で返事をして、他には何も言わない。

彼が生まれ育った一帯は、黄金の三角地帯と呼ばれる、地中海きっての柑橘系の名産地である。飛行機でシチリアへ降り立つとき、この一帯にとりわけ黒々とするほどの緑が繁っているのがわかる。それはすべて植樹された柑橘系の木々で、果樹園という規模を超えて、森林のおもむきすらある。降雨量の少ないシチリアで今日、これほどの勢いで植物が育つのは、その昔アラブ人に侵略された恩恵である。統治下の島内で、これぞという土質に恵まれたところを選んで、アラブ人は先端の技術で灌漑設備を整えた。降らない雨や不明な水脈をあてにしていては、いくら土壌がよくても収穫はない。ならば計画的に水を溜めて分水し、農作しようではないか。シチリア島には、エトナ火山がある。噴火し続けるその裾野には、長らくの灰土が積み重なる豊潤な地が広がっている。

「三月になると窓を閉めていても、春が来たのがわかります。柑橘《ザガラ》系の花が一斉に咲くから」

濃い睫毛の奥の緑の目を細めて、サルヴァは見えないオレンジやレモンの花の香りを楽しむように言う。

あの延々と続く黒々とした強い緑が、小さな白い花に次第に覆われて、やがてうっすらと靄《もや》がかかったように柔らかい緑へと変わる。そしてシチリア島には、ザガラの甘く清らかな香りが潮風に乗って一斉に吹き抜けるのである。

「オレンジの花が咲くと、体中の細胞が入れ替わるような気持ちになります。ああシチリアに生まれてよかった、と思う瞬間です」

サルヴァは、端正な顔に絵に描いたような笑みを浮かべている。

ずらりと並んだ一番左端の小瓶には、琥珀色のハチミツが入っている。まずはこれから、とサルヴァは持参した木の小さじで蜜を掬い、こちらへ手渡してくれる。

うっとりした気分で、蜜を舐めてみる。

そのとたん、昔、空から見たあのレモンやオレンジ、ライムの花を片端から摘んで、まとめて口に放り込んだような味が広がった。シチリアの隠れた、清楚でしかし濃厚な蜜の味。じっとこちらの反応を窺うサルヴァの深い目。太い眉。長い睫毛。思わずむせ返りそうになり慌てて、なんとか場を取り繕うように適当な感想を口にして、次の瓶に手をかける。

次の瓶は、黄色とも緑とも、なんとも絶妙な色味のライムのジャム。そして、一口目は苦いのに、二口目にはもう手が止まらないビターオレンジジャム。ジャムばかりだと甘すぎるでしょう、と言ってサルヴァは中休みにと、煎ったアーモンドを二粒ほどくれる。天日干しにしたのだろうか。潮と日なたの匂いがする。前歯でかじってみると、相当に硬い。嚙み砕くと瞬時に、木の実特有の香ばしさが鼻へ抜ける。樹液が凝縮して実になった、というような味である。

何かの動物の生き血でも地にした、特殊な飲み物なのだろうか。サルヴァが、ラベルのない瓶からグラスに注いだ液体を見て、ややたじろぐ。グラスの向こう側が見えないほどの赤黒いその液体は、おそるおそる飲んでみるとワインなのだった。グラスの中で自然に沸騰してそのまま蒸発してしまうのではないか、とも思うほどの火照《ほて》った味である。いかがでしょう、と再び生きたギリシャ彫刻に真剣な眼差しで覗き込まれてどぎまぎし、こちらの頰も赤く火照る。

続々と、やれマグロのオイル漬けだ、ケッパーにオリーブオイル、ドライトマトもありますよ、アンチョビは、と勧められて、味見する食材もようやく最後のひと瓶を残すだけとなった。ところがそこまで来てサルヴァは、なかなかその瓶の蓋を開けようとしない。

ザクロ色の透明なものが入っている。子供が絵筆を洗ったかのような、美しい色のそれは、いったい何なのだろう。

「僕、つい興奮してしまって。初めてお目にかかるというのに、次から次へと調子に乗って勝手にすみませんでした」

サルヴァは立ち上がって、改まった調子で詫びた。また緊張が戻ったのか、シチリア訛が強く出る。その気の抜けたような言葉の抑揚と精悍で眩しいほどの男っぷりとの差があり過ぎて、前にいる私は落ち着かない。

最後の瓶をそうっと持ち上げてから、サルヴァは真剣な顔つきでこちらを見る。

「今日こうして伺ったのは、アンチョビでもワインでもケッパーでもなく、この瓶の中身を味わっていただくためでした」

どうぞ、と差し出された小さじの上には、赤紫色をしたゼリーのようなものが載っている。さじの上で小さくプルプルと揺れているのは、再びサルヴァの手が震えているからだった。

口に入れると、スイカとアロエとパッションフルーツを同時に食べるような味わいだった。どことなく青臭く頼りなげで、しかし瑞々《みずみず》しくもある。植物の茎をストロー代わりにして、冷たい井戸水でも飲むような印象だった。未経験の味で、原材料など、皆目見当もつかない。おいしいのかそうでないのかすら、よくわからない風味で、明日には忘れてしまうような、はかない味でもあった。

さて。どう感想を言っていいかわからず、口ごもる。
何も言わない私を見て、やっぱりそうか、とサルヴァは無念そうな顔をした。
「これ、サボテンの実なのです」

秋になると、青果店には表面が針に覆われた変わった果実が並ぶ。ごく短期間だけ、登場する。食卓に不可欠、という類いの食材ではなく、飛ぶように売れる果物でもない。いわば季節のお印のようなものなのだろう。それは、別名インドイチジクと呼ばれる、サボテンの実である。初めて見たときは、いったいこれは、とまずその形状に驚いたが、正体を知って二度驚き、食べてみてさらに舌を巻いた。

大きさはちょうどキウイほどで、実の表皮は艶やかで黄色にオレンジ、ピンクに赤紫とさまざまである。ちょうど紫陽花《あじさい》に多様な色があるように、このインドイチジクにも種類と熟度によって、いろいろな色がある。美しい表皮にはところが、びっしりと棘というか針が直角に生えている。栗のイガよりたちが悪くて、珍しさに気を取られて思わず手を伸ばそうものなら、チクリ。太めの棘の側には産毛のような棘もあって、その産毛は抜けて風に舞い洋服に刺さったりする。するともう、チクチクと、裸になるまで責め苦に遭うことになる。

あのインドイチジクなのか。皮をむくのはひと苦労だし、てっきり目だけで楽しむ食べ物かと思っていたら、手間暇かけてわざわざジャムにした人がいるとは。

「イタリアに出回るインドイチジクのほぼすべては、僕の村で栽培されています。栽培するというより、勝手に生えている。どんどん育つ。そんなにたくさんあっても、始末に困る。売るより捨てるほうが多かったりする。しかし柑橘類はというと、商売の利権を〈あの人たち〉が牛耳《ぎゅうじ》っているので、オレンジ関連での新規事業は、いまさら始めようがないのです」

黄金地帯とはいうものの、柑橘類の栽培をとったら他には何もない。家から階下に下りると、数本の道が縦横に交差するだけ。ザガラを運ぶ風が吹き終わると、あとは車も通らない道と町が残るだけである。住民は皆、顔見知りで、仲がいいような悪いような、気詰まりのする小さな町である。明けても暮れても、オレンジにレモン、ライムにときどきはグレープフルーツの農園が延々と続く。農園の向こうには、毎日晴天の空とアフリカへ続く海、そしてエトナ火山があるだけである。今日生きるには困らないけれど、でも明日、違う夢を見ようにも、とっかかりは何もない。

サルヴァはそれでもずっと、カルレンティーニから離れることなど考えたこともなかった。ところがシラクサという都会へ出るようになって以来、外の人との接点ができて、次第に、〈あの人たち〉の支配下で文句も言わず挑戦もせずにこのまま一生を終わっていいのか、と疑問を感じるようになった。

オレンジはあいつらのもので、僕らは手が出せない。何か他に無垢の農産物はないか。見回したところ、インドイチジクがあったのを思い出す。風が吹く日は、インドイチジクの生えている風上にいないと、ジーンズの上からでも容赦なく産毛が刺さる。難儀なインドイチジクを本気で扱おうという人は、これまでなかった。うまく利用して、カルレンティーニの新しい名物にできないものか。それは僕たち若い住民が、違う未来を切り開くきっかけになるかもしれない。

「地元で工務店の仕事を手伝う兄ルーチョに相談したら、ぜひやってみよう、と話に乗ってくれたのです」

　さっそく兄といっしょにサルヴォは、サボテンの実について勉強し始めた。徹底的に調べた。地元に残った同級生や恩師の伝手《つて》を辿って、農学部の授業まで受講した。英語ができない兄弟は、サルヴォがクラブで知り合ったミラノやトリノ、ローマで働く国際的な客たちに頼んで、海外から取り寄せた資料を読み下してもらったりもした。もちろん、すべてサボテンについてである。

「メキシコではサボテンの葉をステーキのように焼いて食べる、など、いろいろな情報が集まりましたが、実についてはあまりわからない。親切な農学部の教授が医学部の教授と連絡を取ってくれて、サボテンの実には体内の毒素を取り除く効能があるらしい、と検査結果を教えてくれたのです」

　サルヴォは満足そうににこりとしてから再び、真剣な顔に戻る。

「アロエの葉やスイカのように利尿効果が抜群で、体内に溜まった汚れが取れる。これはいけるぞ、と兄と飛び上がりました」

兄は、大学で機械工学を勉強した。しかし、村ではその知識を生かせる職業などない。卒業後は長らく失意に悶々としていたが、このサボテンの実を前にして、創意工夫の意欲が湧いたらしい。昼間は道路工事の仕事をしつつ、夕食のあとの時間は夜なべしてサボテンへ捧げる、という毎日を数ヶ月続けた。試行錯誤の末ついに完成させた発明品は、サボテンの実の皮をむく機械だった。

兄が発案したその機械を使うと、指に棘を刺すことなく瞬く間に皮がむけ、さらに実を潰して果汁を絞り出す、という一連の作業ができるのだった。

夏が終わってサボテンに実がつき始めると、兄弟二人を手伝って両親に親戚、友人たちが総出で実を摘みに摘んだ。養蜂業者のように、あるいは宇宙飛行士のごとく、全身を帽子や眼鏡、襟巻きに手袋で覆って作業をしても、家に戻るとチクチクと始まって、もう身の置き所がない。兄弟の母は梱包用のテープを手に裏返しに巻き、あちこちに飛んだ棘や産毛を家じゅう這い回って掃除した。

サボテン畑と聞いても私は見たことないので、どのくらい大変なのか、実のところ想像もできない。南部イタリアに行くと、道ばたにところどころ野生のサボテンが大きく伸びて、その丸く平たい葉の周りにいくつものタンコブのように実がついているのを見たことはある。あれが何百本も群生しているのだろうか。

「もしよかったら、僕とシチリアへいらっしゃいませんか」

私の心のうちを見透かしたかのように、サルヴォは提案した。九月末の今、ミラノではすでに肌寒い日もあるのに、シチリアはまだ真夏だという。現場の訪問もしないままに、産地商品の紹介もないだろう。さっそく翌日サルヴォとミラノの空港で落ち合う約束をして、試食はそれでおしまい。サルヴォが帰ったあと、私は旅に出る支度にかかった。鞄には、水中メガネと水着も忘れずに入れる。


サルヴォの親戚は、全ての柑橘類の栽培を生業としているという。今日は、そこへ招待されている。「さあ着きました」と言われるが、玄関の門を入ってからもうっそうと繁るオレンジの木々の間を抜けて、サルヴォと兄ルーチォに先導されて延々と歩く。かれこれ十五分は歩いただろうか。行けども行けども前方に見えるのは変わらずオレンジの木ばかりで、ときどき顔をあげると、まだ夏の雲が浮かぶ群青色をした空の切れ端が濃い緑の合間に見えるだけである。疲れて汗だくのまま立ち止まると、やっとそこが家の入り口だった。

こんにちは。

扉を開けて屋内へ入ったとたん、無数の目がいっせいにこちらを向いたように感じた。

眩しい外界からいきなり薄暗い室内へ入ったので、よく見えない。目が慣れてくるにつれて、そこは大広間で、幅の狭いテーブルがずらりと縦長に連なって並べられ、片側に十四、五人、向かい側にも同じく大勢の人が着席しているのが見えた。今日は何かの祝席なのか、とサルヴォに問うと、

「あなたを歓迎するためですよ」

と笑い、こちらがミラノからのお客さんです、と着席した人たちに私を簡単に紹介してから、どうぞ、と椅子を引いてくれた。

宴卓の上座には、サルヴォの父親が座っている。その隣が私で、向かいはサルヴォ、横にはこの家の主であるサルヴォの叔父が座った。サルヴォに負けず、父親も叔父も映画か美術館から出てきたような、威風堂々とした男性だった。

席順にはあれこれと決まり事があるらしく、皆、静かに指定された席について、主賓である私が落ち着くのを待っている。

「本日は、遠いところをようこそ。息子がミラノで世話になったそうで、ありがとうございます。どうかお好きなだけ、カルレンティーニにご滞在ください」

父親はややしわがれた、しかし印象的な声で隣にいる私の目を見ながら挨拶をし、グラスにワインを注いでくれた。あの、黒い赤ワインである。瓶にはラベルがない。そして自分にも注ぐ。

ぐっと、どうぞ。そう身振りで勧めてくれたものの、こちらは空きっ腹である。悪酔いしな

いか心配だったが、皆がこちらを凝視しているなか、誘いを無視できるはずもない。食卓を囲んだ一同を見回し、ありがとうございます、と黙礼してからグラスを高く掲げて、ぐっと飲む。全部、飲む。それを皮切りに、グラスがぶつかる、皿にフォークが擦れる、ワインのコルク栓を抜く、そういうざわめきが集まって、いよいよ宴席が始まった。

向かいに座った叔父は食事が始まっても、ものを言わない。愛想が悪いというわけではない。ときおり笑いながら人の話に相づちを打つが、自分は黙っている。ここへ来る途中に見た、玄関門から続く広大なオレンジ農園を褒めてみる。

「庭園、と呼ぶのですよ。わしらはね」

それまでやはり静かだったサルヴォの父が突然、丁寧だが低い声でぴしりと、私が〈農園〉と呼んだのを訂正した。どぎまぎして謝る。

「いや、気になさらずに」

二人の主は再び黙ってしまう。

ここへ来て、はたしてよかったのだろうか。サボテンの群生など、実在しないのではないか。あの日サルヴォの魔性に目が眩み、そのまま白昼夢の中に自分はいるのではないか。ここはいったいどこなのだ。

いろいろな思いが錯綜する。ワインが回ってきたのかもしれない。

そうこうするうちに、席には一度も着くことなく厨房で料理をしているサルヴォの母親と中年の女性たちが数人揃って、挨拶にやってきた。

「お腹がいっぱいになったら、おっしゃって。合図があるまで休まず、料理を作り続けますから」

サルヴォとそっくりの深い目もとに笑みを浮かべてそう言い、テーブルにドンと置いたその大皿には、揚げたての一口大のパンが十数個並んでいる。上に載る具はそれぞれ異なっていて、熱々のパンからタマネギやアンチョビ、トマト、ナスの強烈な香りが立ち上ってくる。

マンマ、どうもありがとう、とサルヴォは母に大げさに抱きついてキスしてから、パクパクとその小振りのパンを口に放り込み始めた。

その後、いったい何種類の料理を食べただろう。オリーブオイルやトマト、野菜、パスタと馴染みのある食材なのに、場所が変わるとこれほど違うのかというほど、半島側では食べたことのない味ばかりだった。出されるものを夢中で食べては飲んでいると、

「わしらが半島側へ行くと、味が頼りなく食べた気がしなくてね。ここでは、塩の代わりにアンチョビを使う。肉料理にだって、アンチョビです」

口を歪めるようにして笑ってそう言い、サルヴォの父はフォークでアンチョビを数匹グサリと突き刺して、どうぞ、と皿に取り分けてくれた。

イワシの生臭さは、血の匂いを連想させる。かつて海の向こうから異教徒が持ち込んだ味覚がそのまま島民の舌に残り続けているように、シチリアは容易に半島側のイタリアへは同化し

ないまま、一線を画しているのだ。

かれこれ五時間にも及んだ昼食を終えると、外はもう夕暮れである。兄ルーチォの運転で、宿まで送ってくれるという。てっきり兄弟の実家に泊まるのだと思っていたのだが、案内されたのは高台にある民宿だった。季節外れで、私の他に宿泊客はない。宿からは眼下に村が見渡せ、村からも民宿の様子はよく見えるはずだった。高台には、その民宿のほかに何もないからである。ついいましがたまでいっしょに食事をしていた皆が、家に戻ってそれぞれの窓からこちらをじっと見ている。そんな錯覚を覚えた。

「おい、日本からの客人だ。よろしく頼むぞ」

ルーチォはそれまでと打って変わった低い声で、出迎えた民宿の主人に短く念を押す。民宿の主人は、わかった、というふうに目だけ動かして返事をした。私のほうに再び向いたときにはルーチォは、ふたたびそれまでの人懐っこい表情に戻っている。

「じゃあ、夜十時に迎えにきますから」

昼に集まれなかった人たちが、夕食に来るのだという。同じ釜の飯を食わないことには、駒が次に進まないということらしい。

夕食はシラクサまで出かけて行き、夜の真っ黒な海を眼下に見ながらの海鮮料理だった。

夜の部は、サボテン計画に関わる仲間が二十人ほど集まり、飲み食いが終わったときにはすでに夜中の三時を回っていた。食事の間じゅう、皆は入れ替わり立ち替わりグラス持参で私の席まで来て、自己紹介をしては握手をしグラスを空にして、再びそれぞれの席へと戻っていく。挨拶に立つのは男性ばかりで、連れの女性は脇でこれという話もせずに食べるだけである。

「内外の関係者への紹介は、これで一応、終わりました。それでは明朝いよいよ、サボテン畑へご案内です」

明日の作業にはこれを着けて、と宿の前で別れるときサルヴォは私に、頭巾や手の平の部分にゴムのついた手袋など作業着一式を渡して、夜明け寸前の道を帰って行った。

いま横になったところだったのに、次に目を開けたときはもう朝になっていた。日差しが強くなる前に作業しないと日射病になるというので、朝六時にはもう車に皆揃って乗り畑へ向かっている。

行けども行けどもオレンジとレモンの庭園が続いていたが、ある地点から景色は一変し、何も生えていない荒地を走っている。地面は乾き、地割れしている。

「窓を閉めて」

ルーチォが言う。と間もなく前方に、緩やかな緑色の丘が見え始めた。その緑の色から、オレンジとは植生が違うのが遠目にもよくわかる。

「サボテンです」

　丘へ近づくにつれて、独特な光景がだんだんと見えてくる。

　それは、幹も枝もない、巨大な植物だった。棘だらけの葉と、その輪郭を縁取るようにたわわに生《な》っている実。これまで観葉植物として見慣れていた鉢植えのサボテンとは比べようのない、似て非なる異様な姿だった。

　木とも言えなければ、草とも言えない。四方八方へ触手のように葉を伸ばした、緑色で肉厚な異様な生き物である。表面に密集する棘が、車の中からでもはっきり見える。こちらの隙を狙って、その吹き矢を飛ばし挑みかかってくるようである。

　さらに畑の中程まで乗り入れたところで、私は言葉を失った。

　それは、何十何百といった生易しい数ではなかった。視界の届く限りどこまでも、ぐるり全方位に三メートルを越える高さのサボテンが密生している。サボテン以外には、雑草一本すらない。

　窓を閉めた車の中にいるのに、水分が蒸発していくような、むせ返る匂いがする。わずかな夜露がサボテンの棘の先に水滴としてぶら下がり、それがまだ弱々しい日差しを受けてときおり光る。見渡すと、無数の棘先がいっせいに光っている。

「この瞬間こそ、実が瑞々《みずみず》しくておいしい。さあ、摘みましょう」

　車の中で完全防備を整えてから、表に出る。たちまちサボテンの生々しい匂いに取り囲まれて、立ちすくむ。見上げるような高さに伸びた葉の突端に赤、黄、ピンクとさまざまな色の実をつけたサボテンが、数キロにわたって立ち並んでいる。どこまでが栽培されているもので、どこからが野生なのか、その境目はわからない。しかしそんなことは、これだけの群生を前にすると、もうどちらでもいいことだった。

「農作業の中で最も手間がかかり辛いのは、トマトやオリーブの実の収穫といいます。しかしサボテンの実を摘むのに比べたら、なんということはありません」

ルーチォは、先に畑で私たちを待っていた痩せた農夫をちらりと見て、そう言った。

「どんな仕事でも引き受ける北アフリカからの出稼ぎですら、サボテンの実だけは勘弁してほしい、と言うくらい、辛い。収穫は手作業のみ。一個ずつもぐしか方法がないからです。棘にまみれて、ね」

おい、とルーチォが顎をしゃくりあげると、農夫は黙ってポケットから小型ナイフを取り出し、ぐいと手首をひと捻りしたかと思うと、もう葉の先から実が切り落とされていた。手の平に載せて、ほら、とこちらに見せる。実に触れるか触れないかという手つきで、農夫は手際良く次々と摘み切っていく。

「実に棘で傷がつくと、そこから腐り始める。自分の手よりもまず実を傷つけないよう、生卵を扱うように摘んでいくのです」

ザクリと切り取って、籠へ。ザクリ、籠。瞬く間に、籠はいっぱいになっていく。

水中メガネは海水浴用に、と楽しみにして持ってきたのだが、昨夜サルヴァから強く勧められて、今朝ここで着用していて助かった。梯子《はしご》に上って摘み取る農夫の作業を見上げているうちに、水中メガネの表面は飛び落ちてきた細かい棘で曇るほどになっていたからである。

摘み取る手を休めて、農夫は器用にくるくると皮をむき、別のきれいなナイフにその実を突き刺して、ナイフごと私に手渡してくれる。レモンのような明るい黄色で、一口かじるとバニラのような香りがぱっと広がった。次はこれ、と二、三列先のサボテンから切り取った赤黒い実をむいてくれる。これは甘酸っぱい味。ピンクはどうだ、黄緑色のもなかなかいけるぞ。渡されるままに、四個五個と頰張る。

以前ミラノの知人宅で出されて、一度だけ食べたことがあった。「絶対に素手で触ったら駄目よ」とあのとき何度も注意されて、薄紙を敷いた皿の上に置かれた実をナイフとフォークで肉の塊でも解体するように、そしてその肉片から皮をはぐようにし、恐る恐る果実を口にしたのだった。知人は皆がその実を食べ終わるや、ゴム手袋をして皿の上の紙ごと皮をそうっと包み込み、慌てて奥へ下げてしまった。そういうことばかり覚えていて、せっかくの珍しい果物の味や食感は少しも記憶に残っていなかった。

ところがどうだろう、今サボテンの懐に抱かれるようにして、畑で立ち食いする、この実のおいしいこと。食べるうちに思いは遠く幼い頃へ飛んで、夏によく飲んだ砂糖水を思い出す。

みるみる十個余りの籠がいっぱいになり、農夫が運転する運搬専用の軽三輪と加工場で落ち合う約束をして、私たちは畑を後にした。

九月末の朝十時前だというのに、気温はすでに二十五度を越えている。

幻想的なサボテンジャングルを走り抜けると、道の両側は再び乾いた荒野へと一転した。道沿いにところどころ、朽ち果てた建物が見える。屋根も残っていないほどに崩れているが、レリーフまで施された正面の壁面やひび割れた壁の間から見える天井は、五、六メートルはあるかという立派な建物ばかりである。建立された当時、さぞ壮大な佇まいだっただろう。それが、今やこうして廃墟とは。

「持ち主がいるのか、いないのか。荘園領主の屋敷跡ですよ。家族間で抗争があったり、家系が途絶えてしまったり、差し押さえにあったり。誰も住まない。住めない。売れない。買えない。そういうわけありの建築物が、ここにはたくさんある」

運転するルーチォは、横目で放置されたままの建物を見ながら、表情を変えずに独り言のように言う。サルヴォは窓の外を眺めるばかりで、黙っている。


こんにちは、と兄弟と入って行ったのは、玄関の門の上に〈手作りジャムの店〉と手書きの木製の看板がかかった、立派な屋敷だった。玄関には、ブーゲンビリアが屋根を越えるほどに伸びて、季節でもないのに造花のようなピンク色の花を枝いっぱいにびっしりとつけている。

迎え入れてくれたのは、もう五十に近いだろう、明るいブロンドの小柄な女性だった。

いらっしゃいと高い声で言いながら駆け寄り、まず私と握手をして、次に兄弟二人に飛びついて甘い調子で挨拶をした。その朗らかに過ぎる様子は年恰好に不相応で、そばで見ていたこちらが照れてしまう。

かなり膝上のミニスカートにはたっぷりとギャザーまで入っていて、しかも濃いピンク色である。表に咲いている、時季外れの濃厚なブーゲンビリアのようである。印象的な色なのにその女性が纏うと、華やいで見せたいという気持ちをそのまま見せつけられるようで、息苦しい。はしゃげばはしゃぐほど、彼女はいっそう老けて見えるのだった。

「ルチア、今朝摘んできた実をすぐに、ジャムにしてもらいたいんだけれど」

大げさな挨拶が収まるのを待ってサルヴォがそう切り出すと、もちろんよ、とスカートの裾をつまみ上げてから派手にウインクしてみせた。

店主のルチアがそれほどに興奮しているのは、外国人の客である私が訪問したからではなく、この兄弟のせいなのである。問われもしない世間話を一人で続けながら、意味もなく男二人の間を飛び跳ねるようにして歩き回っている。

時おり、甘くてむせるような香りが流れてくる。売り場の奥にはジャムを作る厨房があるらしいので、てっきりそこで果物を煮詰める匂いなのだろうと思っていたが、しばらくしてそれがルチアの香水と気づく。

今はジャムの売り場になっているが、かつては迎賓室だったのだろう。ゆったりとしたその広間は八角形で珍しく、それぞれの辺に天井まで届く大きな窓があり、ドレープをたっぷり取った薄地のカーテンがかかっている。庭の木々の間から、室内へ薄く光が差し込んでいる。はめ込み模様の小机や、吹きガラスの引き戸が付いた棚、金箔が施された大振りの額縁など、どの家具や調度品にも由緒ある歴史が見て取れた。そこで日がな一日、ルチアは一人で静かにジャムを売っている。

ルチアは、この家の直系の令嬢である。長らく英国で教育を受けたのだという。ルチアの父親は植物学者で、インドイチジクの効能について調べているときに大学から紹介された縁だった。

「娘が自宅で手作りジャムを売っているので、そこにサボテン用の機械もいっしょに置くといいですよ」

効能についての情報の提供だけでなく、学者は親切にジャム製造や営業の協力も申し出てくれたのである。

ジャムを作って売るには保健所の認可が必要で、正規に申請するとどれほど時間がかかるのかわからない。兄弟には、役所にこれといったコネもない。しかも柑橘系の競合になるかもしれない、秘密の新商品である。認可を申請してみたところで、ジャムがおいしければおいしいほど、黙殺された末に捻り潰されてしまうかもしれない。雑事を回避しなんとか早く売りたい兄弟は、学者一族の厚意を遠慮なく受け、軒先を貸してもらうことにしたのだった。

農夫が持ち込んだ大量の棘だらけの実を見て、最初ルチアはあからさまに厭な顔をした。しかし農夫と同行したサルヴォが、その緑の目でじっと見つめながら頭を下げると、「お引き受けしますわ」。

あるところにジャム作りの名人がいると聞き、材料にする果物も持たない極貧の女がなんとか栗のイガでジャムを作ってと懇願する、という童話がある。名人はあまりに達者で、栗のイガばかりか枯れ葉や小石でも見事なジャムにしてしまう……。

ルチアはその名人のように、「私が、棘だってジャムにしてみせる」と兄弟に約束した。

サルヴォの兄が考案した機械を使えば皮は完璧に剝けたものの、その先、実からジャムに加工する機能に欠けていた。サボテンの実の効能を生かす、ジャムのレシピが兄弟にはわからなかったからである。

「サボテンの棘は、シチリア人の気骨のようなもの。たとえ姿が見えなくても、相手の隙を狙い、いずれはきっと刺す。棘がなくても皆を、参った、と唸らせるようなジャムを私が作ります」

何世紀も前から変化のないシチリア内陸の、裕福だが退屈な一族の暮らし。そしてこの先も永遠に変わることがないだろう自分の一生を、ルチアは黙って受け入れてきた。運命は運命。逆らっても、しかたない。淡々と過ぎていく時間。

そこへある日、棘だらけになった若い男二人が現れた。実を摘んでは持ち込まれる毎日を繰り返すうちに、ルチアは自分の棘が抜け硬い皮が剝がされていくように感じる。サルヴォとルーチォを喜ばせたい。

優雅だがひっそり薄暗い迎賓の間に、さっと光が差し込んできたかのように、透明でピンク色をしたサボテンの実のジャムが並んだ。ルチアの純真な思いはそのまま、ジャムの切なく甘い味となったのである。

皆でしばらく立ち話をしていると、奥からまとわりつくような甘い香りが流れてきた。今朝私たちが収穫したサボテンの実が、ジャムに煮詰まる匂いである。そしてまた、ルチアの熱意が凝縮する匂いでもあった。

『九月二十三日、結婚の儀

御参席を心よりお待ち申し上げます。　アルフィオ　ジビリスコ』

誰だろう。招待状の送り主に、覚えがない。新郎新婦の名前も記載されていない。謎の招待状の封筒にある住所を見て、驚いた。

シチリア、カルレンティーニ村。

アルフィオとは、あのサルヴォの父親ではないか。そう気づいたとたん遠い記憶の底から、オレンジの強い香りと果てしなく続くサボテンの群れの光景が蘇り、胸の奥がチクチクとした。棘は、あれ以来私の気持ちの奥深くに刺さったままなのだった。

あの晩夏、サルヴォに連れられて行ったシチリアでの数日は、いったいなんだったのだろう。あれほど楽しかったというのに、ミラノの生活に戻るや、カルレンティーニでの出来事がまるでなかったことのように、私の前からサルヴォもジャムも消えてしまったのである。

最後に空港まで送ってきてくれたサルヴォは、ジャム瓶が入った箱を私に渡して、

「どうかよろしくお願いします」

と、深々と頭を下げた。ミラノのホテルで働いている同郷の人がいて、サボテンの実のジャムをホテルに売り込んでくれるという。ならば私がサンプルをミラノまで届けましょう、ということになった。私はサルヴォと約束した通り、その同郷の男性にジャムを届けたが、その後サルヴォとはいっさい連絡が取れなくなってしまった。携帯電話は番号が変わっていて、実家はいつも留守電だった。パトリツィオにも頼んでクラブをのぞいてもらったが、サルヴォはもう店を辞めていた。

何があったのだろうか。気にはなったが、他に調べる方法もなければ現地まで行く気持ちもなく、そのまま時間は経ち、やがてサボテンもサルヴォも、シチリアの思い出とともに遠ざかってしまった。

あれから二年。結婚するのは、誰なのだろう。招待状に、新郎新婦の名前がないのは、何か事情があってのことなのだろうか。

〈喜んで〉。出席の旨を伝える返信を出してから数日して、電話があった。ひどく強いシチリ

ア訛。サルヴォだった。うちの階下から電話をかけている、と言う。

「少しだけお邪魔してもいいでしょうか」

玄関のドアを開けるとそこには、あのルチアとサルヴォが並んで立っていた。

まさか。結婚するのは、あなたたちお二人なのでしたか。

私はどうにも言葉が出ずに、その場に茫然とする。

「こんにちは、初めまして」

そのとき、がっしりしたサルヴォと大きな帽子を被ったルチアの後ろから、小柄で華奢な若い女性が二人の前へ出て、挨拶した。それはまさに、純白のザガラの花のような楚々とした美しい人だった。

「私の娘のクリスティーナです。サルヴォのお嫁さんになるのよ」

あの日、屋敷の薄暗い居間で聞いたのと同じ高く弾んだ声で、ルチアが自慢げに紹介した。

私は、再び驚いて何も言えない。ルチアは未婚の深窓の令嬢ではなかったのか。若くて美しい兄弟に叶わぬ恋心を抱いて、ジャムにその思いを託していたのではなかったのか。

ルチアは、嬉しくてたまらない、という笑顔で、その場で飛び跳ねるようにしている。あの夏と、まったく同じだった。はしゃいで飛び跳ねるのは、ルチアの癖らしい。

「ルチアに世間には秘密にしている娘がいる、と知ったのは、ジャムが完成した頃でした。サボテンの実の将来を祝う食事会を、とルチアの屋敷に僕らは誘われた。そこで紹介されたのが、このクリスティーナだったのです」

サルヴォとクリスティーナは、会った瞬間に稲妻に打たれたように恋に落ちた。

ルチアは、初めて兄弟二人と会ったときから、真面目で勇気ある若者に、娘を持つ母親としてぞっこん惚れ込んでしまう。古いしきたりや運命に甘んじている、島のほかの青年たちとは違う。ルチアが英国暮らしの時代に、わけあって生まれた愛娘には、自分のような逼塞《ひっそく》した人生はけっして味わわせたくなかった。

「それからの母は、もう必死でした。徹夜でジャムの試作を繰り返し、誠心誠意、サルヴォとルーチォに尽くしたのです。兄弟に喜んでもらえれば、私を紹介する機会もあると信じて」

クリスティーナは、サルヴォと顔を見合わせて笑う。

「内陸の棘はね、狙ったら必ずいつかは刺すのです」

ルチアは私に向かって悪戯っぽくウインクをし、大きなリボンのかかった籠を差し出した。そこには、〈二年間のご無沙汰をお許しください〉と書いたカードと、さまざまな色のインドイチジクの実がたくさん入っていた。

初めてで最後のコーヒー

北イタリアのミラノから、電車でナポリまで南下する。七百五十キロ。ピアチェンツァ、パルマ、ボローニャと通過して、今、電車はフィレンツェの少し手前に差し掛かったところである。

各駅から乗り込んで来る客からは、ミラノを離れるほどに苛ついた気配が弱まって、そのうち黒っぽいスーツ姿も減り、今日クライアントから連絡は入ったか、だの、明日の会議用の書類はできているのか、などのべつ幕無しに携帯電話でまくし立てる人ももういない。昼下がりの車内には、間延びした空気が流れている。

電車が南下するにしたがい、現代を背後に残したまま時間が過去へ向かって逆行しているような錯覚を覚える。車窓からの眺めは、イタリアの現代化の歴史を巻き戻しで見るようで、南部への旅はすなわち旧きイタリアへのタイムトリップの趣がある。

ミラノからナポリへ初めて電車で行ったのは、三十年近く前のことだった。

当時から、トリノやミラノといった北の都市間を結ぶ路線では遅延も少なく乗り心地がよいのに、南イタリア行きとなると車両は一様にひどく古びていて掃除も行き届いておらず、電車に乗るや、旅立つ時の高揚した気持ちが一瞬にして萎えたものだった。

ガラスの引き戸で通路と仕切られた六席用のコンパートメントに入ると、かすかにすえたような匂いがした。窓は開くところもあれば、開かないところもあり。暑い時季に窓の開かないコンパートメントに当たった日には、不運を通り越して苦痛の旅になった。冷房装置はあるものの、稼動している電車に当たった例《ためし》はほとんどなかった。座席は合成皮革で覆われていて、座席と背中の間や腿の下にじっとりと汗が溜まって逃げず、不快のあまりとても長時間は座っていられなかった。

ミラノからナポリまで、どんなに速い電車でもたっぷり七、八時間はかかった。それだけ長いと相当に気心が知れた人との道連れでも、途中で話すことも尽きてしまう。ふと話題が途絶えると、風抜けのしない淀んだ空気がいっそう鬱陶しく、居心地の悪さに閉口したものだ。

あるいは、気軽な一人旅を楽しもうと乗ったところに、ひどく話し好きの人や立ち居振る舞いの騒々しい人と同室になると、もうおしまいだった。やれ電車代が上がっただの、ミラノ人は冷たいだの、北のトマトには味がないわ、先週のローマ法王の説法は実によかった、ちょっとすみませんが廊下に出ますので、中国人と日本人はいったいどのように見分けるのですか、うちの孫はピアノを習っています、それにしてもアラブ人は許せない、このサンドイッチ一口いかが、その新聞、読み終わったら貸してもらえます？

脈絡のない雑談に飲み込まれて、乗れども行けども、電車は目的地へは永遠に到着しないのだった。

それでも長らくコンパートメントで膝を突き合わせているうちに、どんなに煩わしい相手でも、そのうち何となく親しみは湧いて来るものである。電車を降りる頃には、同室の人たちの家族構成にはじまり、人生のいろいろまでをすっかり知り尽くしてしまったような気になり、下車してそのまま別れてしまうのがさみしくなることもあった。

長距離電車に乗って南部へ向かうとき、その乗客の大半は鉄道旅行の熟練者である。一分一秒を争うような事情の人は、そもそも電車には乗らない。旅程が多少狂うことなど、南部行きの乗客にとってははなからたいした問題ではない。とにかく目的地に着きさえすれば、それで結構。

そもそも車好きの多いイタリアで、あてにならない電車にあえて乗ろうかという人は、免許を持っていないか、老齢か、神経を使わずしかも経済的な鉄道の旅を気長に楽しもう、と腹を括っている人たちである。空港には空港特有の旅客があるように、駅には駅だけに見られる種類の旅行者がいる。

さて今日も乗車前に私はプラットフォームのベンチに座って、ミラノ中央駅構内の往来を見ていた。目の前を通り過ぎていくありとあらゆる種類の人たちを見ていて、各人がそれぞれの事情で旅に出るのだと思うと、どんな映画よりも興味深くて飽きない。

大勢の観光客や通勤客に混じって、熟年女性の一人旅が目についた。スーツにハイヒールで闊歩する、都会のキャリアウーマンふうではない。熟年女性の旅行者たちはどの人も揃って、持ち物から服装、髪型まで、外見はかなり垢抜けない。しかし体軀も態度も、周囲が霞んでしまうほどに堂々としている。連れがなくても、広い構内で少しもたじろぐことなく、目的のプラットフォームへ向かって構内通路のど真ん中をよそ見せずに闊歩している。

遊びではなく用があってやむなくミラノまで来た、しかし終わったのですぐに自宅へ戻る、家は南部で相当に遠いが電車で帰る。

そういう堅実な印象の女性たち。流行だの見てくれだのは、彼女たちには関係がない。旅の目的は実務である。この熟年女性たちは、母であり、妻であり、嫁、あるいは叔母たちである。家事あるところに、家族が必要とするときに、四の五の言わずに駆けつける。イタリアの、ふつうの主婦の旅姿なのである。

その女性は、ミラノ市内ではもうどこを探しても見つからないような古びた柄の綿のワンピースに、真冬に着るような厚ぼったいウールのセーターを肩にかけている。六十半ばくらいだろうか。若者が付き添って、この車両へ乗って来た。

二人の会話から、その若い子はどうやら息子らしいとわかる。母親の荷物を棚へ上げ、隣席の中年男性の行き先を尋ねて、母の行き先と同じナポリと知り心底ほっとしたようで、「降りるときに、母が荷物を下ろすのに手をお貸しくださいますか」など、まめに頼んでいる。外見はいかにも気取ったミラノの大学生ふうなのに、同郷の人に会って気が緩んだのだろう、とたんに強いナポリ訛《なまり》が飛び出して、先ほどまでの冷たい印象とのちぐはぐぶりが微笑ましい。息子の訛でコンパートメント内の空気は一気に和らいで、にわかに小ナポリとなる。

無事に席についた母親は、実に慣れた様子でクロスワードパズルばかり載った週刊誌とボールペンをハンドバッグから出し、老眼鏡をかけ、水を一口飲む。鞄から取り出したペットボトルの水は、半分凍らせてある。もう何度もミラノとナポリを往来している熟練者なのだ。

電車の出発を告げる構内放送が流れると、空席に座って隣席の男性と話し込んでいた息子を急かして立たせ、力強く抱きしめながら、

「ありがとうコスタンツォ、着いたら電話するから。元気でね」

と言う。少し涙ぐんでいる。言われた息子も、途端にさみしそうな顔をして幼い子供が甘えるような調子で別れを告げ、同室の私たちにも一通り礼儀正しく挨拶をして、名残惜しそうにコンパートメントを出ていった。通路に出てから息子は胸元に垂らしたネックレスを引き上げ

て口元へ持っていき、そうっと十字架のペンダントへ唇を当てた。

プラットフォームに下りても、息子は母親の乗ったコンパートメントの窓の前に立ち、帰ろうとはしない。確かに電車が走り出すのを見届けてから、帰るつもりなのだろう。南部行きの電車は、何が起こるかわからない。

それにしても、つい先ほどまでここでさかんに話をしていたというのに、開かない窓のこちらと向こうで、母と息子は互いに口を大きくゆっくり開けて見せ、手振り身振りも加えて、引き続き賑々《にぎにぎ》しく会話を続けている。無声映画を見るようで、これから行くナポリはミラノとはまた別ものののイタリアなのだ、とあらためて思う。

優しい息子さんですね。

電車が走り出してから、おばさんがちょうどこちらを向いてにっこり黙礼したので、私は言った。ほんの挨拶代わりの世辞のつもりだった。ところがその女性は、待ってましたとばかりにこちらを向いて座り直し、

「ありがとうございます。そうなんです、大変にできた息子でして」

ぐっとこちらに身を乗り出してきたではないか。声をかけたことを後悔するが、もう遅い。

ナポリの母は、嬉々として話し始める。

「建築を勉強したい、と言われてミラノに出したのですが、あの子はもう二度と、私たちの元には戻ってこないのかもしれません」

すでに手にはハンカチを握りしめて、母は切ない顔になっている。

一人息子なので地元で公務員にでもなってもらい、地味でも一生安泰、近くで暮らしてもらえれば、と親は密かに願っていた。ところが息子は、ナポリに自分の将来はない、と早々に見切りをつけた。建築ならミラノが先端で仕事も見つけやすい、と周囲からも聞いてきた。

「昨年、満点で大学は卒業したものの、これからしばらくは先輩の建築事務所で見習いです。収入？　そんなもの、ありませんのよ。見習いさせてもらえる場所が見つかっただけでも、御の字ですからね。むしろ、こちらのほうが謝礼をお渡ししなければならないくらいで」

物価の高いミラノに息子を下宿させ、大学へやり、それなりの身繕いを整えてやって、就職先を探し、決まればその受け入れ先へ心付けも届け、こうしてときどき様子伺いにもやって来る。物入りなことだろう。いかにも古くさい花柄のワンピースも、気に入っているので色が剝げようが着続けている、というわけではないのかもしれない。ふとその足下を見ると、年季の入った革のサンダルは、踵《かかと》のところだけが不釣り合いに真新しかった。そこだけ丁寧に打ち直してあるからだった。

よろしかったらどうぞ、とアルミホイルの包みから出した、手作りらしいハム入りサンドイッチを私や隣席の男性に勧めながら、

「ナポリから少し内陸へ入った小さな村で、自家製のビスケットを売っているのですけれどね、焼けども焼けども、手元には何も残らない。その分、息子に投資していると思えば、いいのか

もしれませんが」

ため息をついて言ってから気を取り直したように、これがうちのビスケット、とビニール袋に入った、直径三センチほどの輪の形をしたものを鞄から取り出して、数個ずつ皆に分けてくれた。

ひとつ食べてみると、あっさりとした塩味だった。オリーブオイルの香りが高く、しっとりとした歯ごたえである。ビスケットは口の中でサクリとゆっくり崩れ、焼き菓子特有の香ばしい味わいが広がった。原材料を尋ねると、粉と水と油と塩だけだという。乾パンに似たごく簡素な食べ物だが、だからこそちょっとした焼き具合や塩加減が仕上がりの決め手になるのだろう。なかなかに気の抜けない商売に違いない。その女性が夫と二人で、早朝から粉まみれで懸命に働く様子が目に浮かぶ。

たとえ優秀な成績で大学を出ても、一人前の建築家として独り立ちするまで、そうたやすいものではないと聞く。競争の激しい都会で神経をすり減らすより、南部の小村で家業を継いで淡々とビスケットを焼いて暮らすのも、それほど悪くないのではないかと、私は話を聞きながら勝手に思う。

それまで女性の話に熱心に相槌を打っていた隣席の男性は、ふと黙りこんで、渡されたビスケットをかじりながら窓の外を思案顔で眺めている。ミラノの中学校で社会を教えているのだ、と話していた。「北部へ転勤希望を出し、数年ほど我慢して働けば、勤続年数に少し余計に加算されるのです」。北で耐えた分だけ定年の時期が繰り上がる、という意味である。

南部イタリアは、経済や産業の立ち遅れで就職先が少ない。もともと保守的な気質の南部の人たちは、安定を望んで公務員になる人が多い。教職に就く人も多い。産業が発達して比較的仕事の見つけやすい北部では、教職の人気はそれほど高くない。賃金が安すぎるということもあるだろう。

南部では、教職希望者が多すぎて溢れている。足りない北部へ行けば点数がもらえるという特典に惹かれて、教師たちは北上する。北で何年かの犠牲を払い終えてそろそろ里帰りしたい南部出身の教師たちと、職場を入れ替わるのである。

その社会科の教師も、妻と子供をナポリへ残したままミラノへ単身赴任しているのだという。ミラノ市内に住むと高くつくので、バスと電車を乗り継いで行く、かなり不便そうなところに間借りしている。

「冬の朝、ラジオを聞きながら一人でコーヒーを飲み、暗く凍った道を歩いて出勤するときは、さすがにさみしいですよ」

この週末に小学生の息子がサッカーの試合に出るというので、一泊だけの予定でナポリに戻るところなのだった。

賑やかな雑談が小休止したのを見計らうかのように、通路に食堂車からのワゴンがやってきた。南部行きの乗客は、おしなべて荷物が大きく多い。棚に載せきれなかった鞄やスーツケースが、通路の両脇にずらりと並べて置いてある。その荷物を避けたり移動させたりしながら、釣り鐘をチリンチリンと鳴らして、ワゴン車はやって来る。

話が途切れて気詰まりだった私は、ワゴンを呼び止めてコーヒーを頼む。

「ええっ、こんなところのコーヒーなんて、よしたほうがいいですよ」

ナポリの母は思い切り顔をしかめながら、私の耳元で大急ぎに忠告する。たしかにポットから注がれた作り置きのコーヒーは、すっかり冷めていて湯気も立たず、香りもなく、色は茶色でもなければ黒でもない、くすんだ色をしていた。入れ物は、小さな紙コップである。

紙コップを受け取って、ひと口であおる。味気ないこと、この上ない。中学校の先生もあきれたような顔で、コーヒーを飲む私を見ている。どうです？　ひどいでしょ、よく飲めますね、と目で尋ねている。責めている。

ナポリに戻ったら何はさておき、やっぱりコーヒーだわね、とおばさんはぶつぶつ独り言のように言い、バールの名前をいくつか並べた。社会科の教師も、出て来たバールの名前に大きく頷いている。「私はですね、着いたら荷物を家に置き、そのまま家族や友人たちとピッツァ屋に直行することになっています」。

「ああピッツァ……。私も早くモッツァレッラチーズにスフォリアテッラ（パイ生地を重ね焼いた、リコッタチーズ入りの菓子）が食べたいわ」

あれもこれも、とその後ひとしきりナポリ名物の食べ物自慢が続いた後、二人は外国人の私のために、お勧めの店を大騒ぎの末に厳選し、一覧を作ってくれた。

実は私も数年ナポリに暮らしたことがある、と二人には言いそびれて、そのメモをありがたく受け取った。いくつか見覚えのある店名があった。

電車はナポリに近づいていく。

車窓から見える街は、八月末だが日差しはまだ強烈である。人々は、ショートパンツや肩や背中がむき出しのワンピースにサンダル履きという、海水浴場と変わらない風体で歩いている。すでに朝晩めっきり涼しくなって上着が必要なミラノとは、たいした違いである。ミラノの人たちは南部イタリアをアフリカと呼ぶが、日差しはまごうことなく灼熱のアフリカのそれだった。

お気をつけて、またミラノでお目にかかるかも、ご主人によろしく、ビスケットごちそうさまでした、坊やが試合に勝ちますように、外国人狙いのスリに注意してくださいよ。

延々と終わりのない旅のようで、到着してみればあっという間だったという気もして、ここで縁が切れてしまうのはやはりさみしかった。

プラットフォームには、それぞれの家族が電車の到着をいまかいまかと待ち受けていた。

あそこに立つ痩せた頑固そうな男性が、ビスケットの名職人だろうか。十歳くらいの少年が見える。背番号10のナポリチームのユニフォームには、いまだに〈マラドーナ〉と名入れしてある。男の子と手をつないでいる女性が、すると、社会科教師の妻なのだろうか。濃い黄色のワンピース姿で久しぶりの夫を出迎えるなんて、なかなか洒落ている。

電車のドアが開くと、一斉に歓声を上げて、手を振ったり、走り寄って抱きついたり、と各人各様の感情が溢れている。

私は、さまざまな到着人と出迎え人が笑ったり涙ぐんだりしている脇をすり抜けて、一人で出口へ向かう。


三十年前にこの駅に着いたとき、私は学生だった。ナポリはもちろん、イタリアについて何もわからず、当地にこれといった知り合いもいなかった。

日本からローマ空港に着き、そのまま鉄道に乗り換えてここまで直行した。大きなスーツケースを引きながらプラットフォームを歩いていると、数メートルごとに、タクシーはどう、だの、荷物を運びましょうか、宿泊先はもうお決まりか、と次々と大勢の人たちが声をかけてきた。

ナポリは恐ろしい、とさんざん脅かされていた私は、どの誘いにも少しも振り向くことなく、過度の緊張で全身をハリネズミのようにし、追いかけてくる数々の声を振り払いながら、駅構内を急いで通り抜けた。

駅前の車寄せは三車線分あって広いはずなのだが、そのうち一車線分に黒いビニール袋がうず高く積み上げられていて、かろうじて車一台が入って来られるスペースしかなかった。黒い袋は、歩道にも溢れている。よく見ると、それはゴミ袋だった。ゴミ袋に混じって、壊れたテレビや自転車のゴムなしのタイヤ、脚の折れた椅子なども、つまり粗大ゴミもずいぶん放置してあるのが見えた。

あの日も今日と同じく暑い日で、ゴミの山からは強い悪臭が立ちこめていた。これほどのゴミが出るとはなかなかにナポリは都会だ、とあきれるよりむしろ町の活力に私は感心した。

ところがゴミの山は、駅前ロータリーだけではなかった。視界の届く限りずっと先まで、道路の両脇にビニール袋に入ったゴミが積まれて壁のように続いているのが見えた。よほど驚いているように見えたのだろう、私のそばに四十過ぎくらいの女性が近づいてきて、

「ストなのよ、ゴミ回収業者の」

苦笑いして教えてくれた。

「昨日今日に始まったストじゃない。去年のクリスマスから、もう誰もゴミ回収に来ないの」

冬、春、夏と季節は巡ってゴミの山は風化し、この壊滅的な町の風景の一部になっている。しかしおぞましい掃き溜めの上方を見ると、建物と建物の間に張ったロープに洗い立ての下着がずらりと干してあり、ナポリへの到着を歓迎する万国旗のように翻っている。その強烈な対比は、この地には天使と悪魔が共存する、といわんばかりだった。

今日からここに暮らすのか。生半可な構えでは到底、太刀打ちできないな。あのとき駅前で武者震いしたのを思い出す。

三十年の月日を経て、さすがに駅構内は新しくなってはいたが、混沌とした様子は昔と少しも変わっていない。人の歩く速さはミラノよりもずいぶんとゆったりしているものの、どの人も話し声がやたらと大きく、しかも大仰な身振り手振り付きなので、辺りには騒然とした気配が漂う。ひと言で片付いてしまうようなことでも、あえて百に増やして言い張らなければ黙殺されるようなところがナポリにはある。その喧噪ぶりは、駅というよりアラブのカスバにでも迷い込んだようである。

構内のバールから流れてくるエスプレッソコーヒーの濃い香りに混じって、鼻をつく異臭があった。

まさかと半信半疑で駅前へ出たところで、ぎょっとした。

そこには、縦横無尽に駐車した無数の車とゴミの山が、昔見た光景と寸分違わずに広がっていたからである。よく戻って来たな、とゴミが呟いたような。ぐれた旧友に再会した気分である。

ダンテ広場まで、お願いします。

悪臭に息を止めハンカチで口元を覆い、大急ぎでタクシーに乗り込んだ。もう若くない運転手は、ゆっくりと芝居がかった動作でこちらを振り返り、私を値踏みするようにじろりと見て

から、

「了解」

短く低い声で返事をして、車を出した。駅周辺は、人と車とゴミでごった返している。その間をまるで自転車のように巧みな切り返しですり抜けて、タクシーは環状線をかなりの速さで走り出した。

ナポリには湾を見下ろすようにして高低の変化に富む丘陵があって、その斜面には建物がびっしりと張り付くようにして建っている。岩に付くフジツボのようである。

イタリアの他の都市では町の景観を損なわないために、建物の高さや屋根の瓦や壁面の色、窓の大きさに形、位置、鎧戸の色、場合によってはベランダの日除けカーテンにいたるまで、細かく基準を設けている。

ところが、ここはどうだろう。建築様式はバロックありゴシックあり、アールデコにリバティふう、そのすぐ背後には古代ローマ時代の遺跡も見える。建物はそれぞれ勝手気ままな方角を向いて建ち、ジグザグの壁面に反射して太陽は、刻々と色を変えて光っている。一瞬、ナポリにはいくつも太陽があるのではないか、と思うほど、日差しが四方八方から目を刺す。

ひしめく無数の建物を見あげていると、軽い目眩がする。どこに視点を合わせて町を見たらよいのか、わからない。人と話すとき、相手の目や口、手元を見れば話がしやすいのと同じように、町を知るにもここぞという見所があるように思う。ところが、ナポリはまったく捉えどころがない。万華鏡を覗いたときのように、細かく美しい無数の小片がいっせいにこちらを向いて話しかけてくるようであり、しかし直後にはその小片はバラバラな方向に霧散してしまい、知り合ったばかりのこちらのことなどは忘れ、姿形を変えて自由気ままに煌《きら》めいているというふうなのである。

一見、混沌を極める町には、しかし、ここだけにしか通じない均衡がある。千差万別の要素は、互いを阻害したり否定することなく、絶妙な均衡を保って共存している。

タクシーの中から久しぶりにナポリの町を眺めながら、自分の思うがままでいいのだ、と開放された気分に充たされ始めていた。

波瀾万丈なこの町の魅力は、万人の勝手を許す包容力である。異なることをよし、とする個々への敬意である。規則の通用しない町で暮らすために、住人には今日の不便を明日の好都合へと変えていくような、強い独創性があるに違いない。問題ごとに足止めを喰ってはおられない。瞬時に手だてを考えついて、駒は先へ進むのである。

あれこれ思いにふけっていて、ふと気づくと、車は目的地とはまったく反対の方角へ進路を取っている。運転手とろくに話もせずにいたので、しめた、よいカモが来た、と思ったに違いない。しかし、このまま騙されるままに市内を遠回りして、車中から久しぶりのナポリを楽しむのも悪くないだろう。

運転手さん、そこはさっきもう回ったから、どうせならモンテ・サントにいったん入ってから、上って行ってください。

運転手はぎょっとした顔でバックミラーからこちらを見て、「了解いたしました」と、きつい訛の敬語を使って返事をした。

モンテ・サント地区は下町の核のようなところで、市内にいくつかあるいわゆるグレイゾーンの一つでもあった。

ナポリでは、敬語の使い方が由々しい。若い子たちも、敬語を使う。他所《よそ》では言葉使いからも格差が排除されてしまって、立場や身分におかまいなく、一様にざっくばらんである。

ナポリで敬語に迎えられると、大時代的で野暮ったく聞こえる一方で、格式や伝統を重んじる気質が感じられて心地よい。タクシーの運転手は、こちらを一見《いちげん》の外国人観光客と値踏みしたのは間違いだったらしいと気づいて、大慌てで敬語で返事をして取り繕おうとしたのだろう。

もうメーターは上げてもらって結構、せっかくですから小一時間で町をざっと回ってもらえませんか。

私は、おおまかな額面といくつか行ってみたい地区の名前を挙げて、運転手に提案した。あんた騙したでしょう、お金を返してもらいたい、といまさら文句を言ったところで意味もなく、気分も悪い。生半可な構えでは太刀打ちできない、のを忘れて、隙を作ったこちらも悪かった。

すると運転手は、上半身ごとこちらを振り向いてにやっと笑い、

「ならば一回り始める前に、僕にコーヒーをご馳走させてください」

と言い車を路地裏に停めて、近くにいた少年に駄賃をやり、さあ、と私を促した。

ジェンナーロは、私が久しぶりに訪ねてみたかったモンテ・サント地区の出身だった。歩きながら、あのあたりですよ、と顎をしゃくって自分の家のあるほうを示して見せた。密集する建物の間を狭い路地が縦横に走り、その角ごとに物売りが立っている。物を売りながら、鋭い眼光を飛ばして往来する人たちを監視しているような気配がある。

おう仕事はどうした。今晩、試合を観に行くか。チーロと会う約束を忘れるな。お母さんとさっき肉屋で会ったわよ。

駅構内であれこれと声をかけてくる人たちのように、ジェンナーロが路地を進むと両脇、前後左右、ときにはバルコニーから下に向かって、矢継ぎ早に声がかかった。ごくふつうの挨拶のようであり、そこに特別な伝言が隠されている暗号のようにも聞こえた。

「親も、祖父母もその前も、ずっとこの界隈でね。他所様の晩ご飯の献立までわかるような、近所付き合いです」

地区には住人以外の車の出入りはなく、迷路のような細い道と朽ち果てたような建物が続く。一歩二歩、で渡りきれるような小道を挟んで、バルコニーとバルコニーの間でのやりとりが聞こえて来る。路地は幅が狭くなりそれでも切れることなく、地区の奥の奥へとつながっている。あの角で話したことは、人の口を介して瞬時にあちらの角まで伝わる様子があって、電子回路を見る思いである。

タクシーを路地に停めておいても、駐車違反など取られない。ジェンナーロの車であるのは明らかで、取り締まりの交通警官は担当がどれだけ替わろうが、永遠にジェンナーロには罰金を科さない。

違法なのに袖の下でも、と尋ねると、

「正規に保険料払っても、いったん狙われたら空き巣や放火は避けられない。誰が守ってくれるか、払う相手を選ばないと」

いまさら野暮な質問はするな、というような顔をしてジェンナーロは短く返す。

ふつう露天商たちは、自治体から出店認可をもらって商売をする。露天商専用のポータブルレジがあって、売り上げはそこへ打ち込み計上される。抜き打ちで税務警官が、このレジを調べにやってくる。

路地にいる商人たちの中には、昔、サッカースタジアムや映画館でアイスクリームや飲料の売り子がしていたように、商品の入った箱を首から紐をかけて持っている。さっと畳んでしまえば、それで店じまい。移動も簡単。逃げるのも簡単。証拠も残らない。レジもない。

「一カートン」

ジェンナーロが歩きながら前を見たまま、ぼそりと言う。薄暗い道角の壁にもたれ盆に載せて煙草を売る男がいて、さっと無言でマルボロライトが手渡される。

どうです、と開けてすぐにそこから一箱、私に差し出す。ナポリに住んでいた学生時代、こういうところで売られている煙草には、どれにも印紙は張られていなかった。露天商の元締めは、夜中に超高速モーターボートを沖合へ出し、真っ暗な海上で闇の取引をして商材を運んでくるといい、そういう煙草の箱には関税の印紙はなかった。

ところが、今ジェンナーロがくれた煙草には、印紙がきちんと張ってある。正規ものなのだろうか。ならば、倉庫からの盗品流しなのだろうか。

「印紙そのものがさ、メイド・イン・ナポリなんですよ。市外にはない希少品だから、ナポリ土産に持っていってください」

こちらの考えていたことを見透かすように、ジェンナーロは一服ふかしながらそう言った。

メイド・イン・ナポリ。かつて〈空気の缶詰〉というものがナポリには売られていて、人気の土産物だった。その名の通り、缶には空気が入っているだけ。空《から》を売ったのである。こうした人を喰ったような話、あるいは絵空事のような話を揶揄して、「まったく、空気の揚げ物だねえ」などと言ったりする。空気を揚げるような、つまり実体があってないような、人を煙《けむ》に巻くような商売や出来事が、ナポリにはたくさんある。

久しぶりに歩くナポリの下町の風景は、以前と少しも変わっていなかった。広場はもちろんのこと、路地裏から軒下まで、空きがあるところには店が出ている。

魚屋があるかと思うと、すぐ隣には古い絵はがきやレコードを扱う商人がいたり、ソファーベッドを並べて売る男の前には、青果商やチーズの出店が並び、そのうち突然、大小さまざまなブラジャーだけを物干のようにぶら下げて売る店があったりする。売られているものも売る人も多種多様でとりとめがなかったが、常時無数のことを思いつく、軽快で鋭敏なナポリ人の頭の中を散策しているようで楽しい。モンテ・サントと聞いて、ジェンナーロは私の漠とした町を見たいという意図をすぐに汲んでくれたのだった。

コーヒーなど、どのバールでもよいはずなのに、ジェンナーロは混雑する路地をさらに進んで行く。

と、突然、私たちは大通りへと出た。

そこには、背後に残してきたナポリとは、まったく別の町があった。緩やかな傾斜を持つ広い通りの両側には、広い間口の構えの店が立ち並んでいる。いかにも昔からという印象の専門店が多く、流行のブランド店は少ない。経営者の名前だろうか、屋号はほとんどが名字である。看板の書体も古めかしく、しかし厳かで、なかなか敷居が高い。ガラス越しに見える店内は、年季の入った木製の調度品が置かれていて、その向こう側には初老の男性が、暑いのにきちんとネクタイをして接客している。洋品店だが、靴もあれば煙草ケースなどの小物もあって、店の風格を売る、という商いぶりが知れる。

下町の生活臭とこの界隈の粋な佇まいに差がありすぎて、再び軽い目眩がする。歩くうちに、数限りない薄片が重なりあってできあがっている、この町の多重構造を間近に見ることができる。

広い通りとはいえ駅前同様、ここも好き放題の違法駐車の列である。文句を言う人は誰もなく、平然と二列目三列目、角などに悠々と停めて、買い物など用件を済ませている。停めながら、その前の店主に向かって会釈している人もいるところを見ると、駐車違反の常習である常連に店側も見張り役をしてサービスしているのかもしれなかった。

その通りを行く人々の流れを誘い込むような位置に、ジェンナーロが目指したバールはあった。市役所近くの大きな広場にも近いこのバールは、どんな遺跡よりもナポリの名物なのではないか。さきほど電車の中で渡された『見どころリスト』でも、この店がポンペイよりも先に書いてあったくらいである。

やあ、と軽く手をあげて挨拶して店に入ったジェンナーロは、私をカウンターまで恭《うやうや》しく案内してくれた。

コーヒー二つ。

かしこまりました。

リズムよく目の前に出されたコーヒーは、ナポリの全てが凝縮されたような、複雑に絡みあった豆の濃厚な香りを放っている。カップを手にして見ると、コーヒーはカップの底から一センチほど、入っているかどうかという程度の量だった。ジェンナーロは、申し訳程度に入っているコーヒーに、一、二、三と声に出して数えながら砂糖を入れて、くどいほどかき混ぜてから一息で飲み干した。

入って、頼んで、飲んで、二分。客にも店にも流れるような一連の所作は、一枚の絵を見るようである。

バールマンは糊のしっかり利いた真っ白な制服を着て、ひとつも無駄口がない。雑談の渦の後、こうして無言の人を前にすると、何かこちらに粗相があったのだろうか、と緊張する。客を注視するでもなし。しかし、いったんこちらが何か言おうと思うと、途端に気配を察してさっと前へやって来て、目を合わせて客の一言を待つ。

会計の際ジェンナーロは、心付けにしてはやや多過ぎる額を置き、釣り銭を受け取らずにそのまま店を出た。不可解に思っていると、

「ツケ置きのコーヒーですよ」

バールを出るとき、何杯分か余計にお金を置く。懐に余裕がない、しかしコーヒーが飲みたい、というような人がバールに立ち寄り、見知らぬ人が残していったお金でコーヒーが楽しめる、そういう計らいなのだという。

恵んでやるのだ、と威張るふうもなくジェンナーロがあっさり説明するところを見ると、ナポリでは当たり前の習慣なのだろう。バールは多くのイタリア人にとって、コーヒーを飲むだけではない、心の拠り所でもあり、残していく釣り銭はいわば聖なる場所への喜捨のようなものかもしれない。

それにしても、ふいと店に入って「ツケのコーヒーはあるか」と尋ね、他人からの厚意を頂

戴して飲み再び店を出て行くには、ちょっとした心構えと慣れが必要だろう。

車に戻って、そこからは海沿いに走ってもらう。

高いヤシの木が繁る大通りは、目前にナポリ湾、その後ろにはヴェスヴィオ火山を控えて、劇場舞台の背景画を見るようである。海沿いに続く道を往来する人々は、走る車中からでもその大げさな手振り身振りが目につくが、舞台で演じる役者と思って見れば、少しも違和感がない。

道路のすぐ下には、濁った海水がゆっくり打ち寄せている。小学生ぐらいの男の子たちが歓声をあげて、海水パンツと水中メガネだけで飛び込んでは素潜りを繰り返す。釣りをしている子もいる。

「幼い頃、僕もよくここで釣った。〈何でも喰う〉という名前の、小魚がかかるのでね。家に帰ってすぐに唐揚げにして、食べる。実に旨いですよ」

灰色の海水で育つ、何でも喰う魚はどういう味なのだろう。

「ナポリではね、『揚げたら何でも喰える。プラスチックだって旨い』ということわざがあります」

低い声で笑って、食指が動かない、というしかめ面をしていた私をからかうように言う。

ジェンナーロは速度をぐっと落として、よく見えるように海際の車線を走ってくれる。ちょうどそのとき、少年たちの足下を猫ほどもある鼠がのそのそと通り抜けていくのが見えた。遊び盛りの子供たちには、汚いも危ないも関係ないのだろう。広場で鳩が餌をねだるように、ここでは鼠が少年たちの収穫のおこぼれを待ち構えているのかもしれない。

そこから数十メートルほど行くと、防波堤に小さな屋台が出ている。屋根には、『獲れたての近海魚のフライ、うまいヨ‼』と乱暴な手書きの看板が出ている。どうやら、少年たちが釣るのと同じ魚をそこで揚げて売っているらしい。屋台では、顔の造作がわからないほど日に焼けた中年の男性が、新聞紙を三角錐に丸めた中へ、スコップのようなもので掬って揚げたての小魚を入れて売っている。子連れの母親やら若いカップルが、列をなして買っている。

「ファストフードのフライドポテトより、ずっと旨いし安全でしょうね」

ジェンナーロは、ああ喰いたくなってきたなあ、とため息をついている。

そのうち同様の屋台の数は次第に増えて、生魚にレモンと塩とオイルをかけて売っている店もあれば、極彩色のシロップをかけたかき氷を売る店もあり、綿菓子や風船売り、サンドイッチ屋にソーセージを客の目の前で焼きながら売る店あり、と辺りには再びカスバのような空気が漂い始めた。海辺の直射日光に当たって、売り物の生魚はもはや天日干し同然になっている。

陸でも海でもないこの一帯は、取り締まりの対象外の範疇なのかもしれない。波の打ち寄せるテトラポッドのすぐ前に並ぶ屋台に、販売許可を持って商売している店などないに違いない。これまた、空気の揚げ物のような存在である。そういう実体のない店のものを食べて、よもや不調をきたすようなことがあっても、誰にも文句は言えない。

海辺の喧噪を越えて少し行くと、レストランが数軒並んでいる船着き場が見えた。

少年たちが鼠に混じって釣りをしていたあたりとはうって変わって、散策する人もなく、一線を画して近づく人を萎縮させる雰囲気がある。金さえあれば、というわけではなさそうだった。入り口には門番もいないし門戸すらないのだが、むしろそれで余計に『門外漢お断り』と、厳しく高貴で、近寄りがたい。

「降りて、少し歩きましょうか」

ジェンナーロは、ピュウと指笛を鳴らした。すると、海側から一人、二十代の若い男性がすっと現れる。男はジェンナーロが放り投げた車の鍵を受け取り、「承知しました」強い下町のナポリ訛で応え、車に飛び乗りUターンさせたかと思うと、あっという間に走り去ってしまった。私のスーツケースを載せたまま。車が走り去っていったほうには、歌で有名なサンタ・ルチア地区がある。沖合での闇取引の司令部は、この一帯にあるという。いったんここへ逃げ込まれると、警察も手を焼く迷路や建物が入り組んだ一帯である。

ジェンナーロに付いて、高い敷居をまたぐ思いでその一帯へ入る。

入り口から近いところにある、テラスを施したバールへ入った。テラスの席につくと、足下には海があるだけで驚く。店から突き出るようにして、テラスは海の真上に設置されているのだった。

夏の一日は、長い。すでに夕刻六時を回っているが、まだ太陽は高く日陰でないと目を開けていられない。

穏やかに年を重ねたという雰囲気の女性たち数人が、卓を囲んで紅茶を片手に歓談している。籐の椅子を海に向けて座り、パナマ帽を被った初老の男性は一人で本を読み、ときおりドライマティーニを飲んでいる。店内に、騒ぐような幼い子供はいない。奥のほうに十四、五の少女が、母親と祖母だろうか、よく似た二人といっしょに人待ち顔で座っている。私はその場の雰囲気に押されて、慌てて携帯電話の電源を切った。

格式のある場所らしいことはわかったが、過剰にめかし込んだ人はなく、皆、ごく普通の恰好でくつろいでいる。さきほどテラスに入ったとき、一張羅に着替えておけばよかった、と後悔したが、着飾ったところで到底、太刀打ちできない世界があるのだ、とまもなく了解した。ときおり漏れ聞こえてくる客たちの雑談は、ごくたわいないものだった。同じナポリ訛なのに、下町で聞いた活力に溢れた調子とは違って、同じ卓の人の間でも敬語が崩れることがなく、暢気で浮世離れした印象である。萎縮している私を見て、ジェンナーロは、

「名門テニスクラブがこの近くにあって、その会員専用のサロンです。前世紀からのね」

空きが出るまで、新規会員は受け付けない。紹介なしには、入れない。この十数年、クラブに空きはなく、客は正規の常連で互いに熟知している。いまさら入り口で会員証の提示など野暮、とジェンナーロは笑った。

それにしても、そのような場所へわけなく入れるジェンナーロとは、いったい何者なのだろう。

それから一時間ほどかけて町を外から内から堪能し、車はようやく目的地へ着いた。モンテ・サント地区のちょうど上方に位置していて、最初にジェンナーロが車を停めたところから歩いて上ってくれれば、あっという間の距離なのだった。三十年前、私はここから大学へ通っていた。界隈にはいつも、昔の人気テノールのレコードが大音量で流れていたものだ。朗々としたカンツォーネを聞きながら、あの曲がりくねった坂道を何度、往来しただろう。

当時、間借りをしていた先の知人が病気で余命幾ばくもない、と連絡を受けた。一刻も早く見舞いたいという焦りと、恩人の苦しむ様子は見たくないという気持ちが混ざって複雑だった。それで、無意識のうちに鉄道を選んだのかもしれなかった。いよいよ電車がナポリ駅に着いたとき、私の気持ちが沈んだのは、喧噪やゴミのせいばかりではなかった。たまたま乗ったタクシーに騙されそうになったおかげで、思わぬ市内見物をした。ジェンナーロは、私を気楽な観光客と思っただろう。しかし私は寄り道をして、三十年前の自分のナポリと再会するのを少しでも遅らせたかったのである。

車から降りて荷物を運んでくれたジェンナーロは、玄関の呼び鈴についている名前をちらり

と見て、

「そうでしたか、ライーノ夫人のお見舞いにいらしたのですね」

独り言のように呟いた。

ジェンナーロの祖父は、ライーノ家の厩舎番だったという。自家用の馬車を持つ華やかな一族に、叔父や両親も門番や庭師、家政婦として仕えていたので、ジェンナーロは物心ついた頃から、一日の大半をこのライーノ家で過ごした。

「小さかった僕を、子供のいなかったライーノさんは可愛がってくださり、あちこち連れて行ってもらったものです」

テニスクラブも、海岸沿いのレストランも。どうりでジェンナーロの言葉使いや振るまいに、えも言われぬ品格があるわけだった。

いよいよ病状が重くなり外出できなくなった夫人は、ある日ジェンナーロを呼んだ。

「界隈のバールへ寄ったら、私の代わりにときどき余計にお代を置いてきてもらえないかしら」

今日こうして偶然にジェンナーロと市内を回ったのも、夫人の私へのはからいだったのかもしれない。

翌朝、私はミラノに戻る前に最寄りのバールに入った。昔ここでライーノ夫人といっしょに

よくコーヒーを飲んだのを思い出す。当時、夫人はお気に入りのコーヒーカップを店に置いていて、

「まるでうちで飲む気分でしょう」

と、ご機嫌でコーヒーを楽しんでいたのを思い出す。

ふと、ツケ置きのコーヒーはありますか、と聞いてみる。

「ありますよ、お待ちしておりました」

バールマンはそう言って微笑み、奥の棚から淡いピンクの花柄の、あのコーヒーカップを出してきた。そして、コーヒーカップの脇に真新しいマルボロライトを一箱、そうっと置いた。

「お二人からです」

私がポッジに住んだ訳

わずかな期間だったが、ポッジという村に住んだことがある。〈てっぺんの〉というような意味のその名のとおり、村は海のリグリアから山のピエモンテへの州境の、山の上にある。

その村までも、村からも、あるのは険しいカーブが連なる細い道だけで、近くまで来たからちょっと立ち寄ろうか、というような気易いところではない。用件があってわざわざ訪れるか、そのまま止まらず通り抜けるか。そういう村に住んでいた。

ならば僻地《へきち》かというと、そうでもない。

古代ローマ時代に遡《さかのぼ》って、海から上陸したさまざまな人や物資は、この道を経由して欧州全域へと広まっていった。オイルの道、塩の道、などいろいろ呼び方はあるようだが、端的に言えば、侵略の道、逃亡の道、金の生《な》る道であり、無数に繰り返された繁栄と滅亡の歴史を刻んできた道なのである。

さて、まるで関所越えのような場所にある、ポッジ村の人口は、そこそこ二百人というところか。蛇行する細い街道を挟むようにして、三階までがせいぜいの低い建物が、道の曲線に沿うように壁を曲げて並び立つ。ほとんどが中世以前に遡る、石を積み上げてできた古い建物である。宿屋もなく、食堂もなく、先の目的地を目指す人々がただ通り抜けるだけの村。いつの時代にも、ただ貧しかったのだろう。歴史的に意味のある集落に違いないのに、どの建物を見てもこれという威厳と由緒に欠けている。ただ古いだけの建物が、朽ちる寸前の状態でそこにある。

一日に数本だけの、海から山へ登っていく路線バスは、狭い山道専用に十二人乗りとずいぶん小型なのだが、それでも通過するのに両脇の建物が迫って道幅が足りない地点があり、その建物の壁はバスの腹の幅に合わせて強引に削り取ってある。削られてしまった建物は、こともあろうに教会と道向かいの祈禱所である。下からうねり上がって来る道をそこで遮るように、来る者の行く手を阻むように、あるいは検問するように、道幅は突然狭まり、ちょうどそこに教会が建てられている。

教会の反対側の端は、絶壁である。

道を挟んで建つ祈禱所の反対側の端もまた、絶壁である。

つまり街道は山の尾根伝いに蛇行していて、後にも先にもその道を通らない限りは進退ままならない。そしてこの道こそ、サラセン人がイタリア半島へと攻め入った道でもあるのだった。

定期バスが通らない一日の大半の時間、がらんとした村で、通り抜けのために開けられたそのいびつな形を見ると、痛々しい。身を張って外敵を食い止めてきた教会の、威風堂々の歴史を蔑み無視するようである。ポッジ村の貧しさは実は、金銭だけのものではないらしい。

イタリアの町の特徴は、広場である。町の要所には広場があって、人が集まり情報や商いの流れができて、町は機能し発展する。ところがポッジには、広場がない。一つもない。道沿いの集落に住む人たちは、集まる場所を持たない。集まって話す必要のない暮らしというのは、私がそれまでに住んだイタリアにはない、未知のものだった。ただでさえ住人が少ないというのに、そのわずかな住人の間ですらかける言葉を出し惜しむような、冷えきった空気があった。貧すれば貪する、とはこういうことを言うのだろうか。路地で正面から出会っても、無言で笑わない目を少し動かすだけですれ違っていく老いた隣人を見て、そう思うのだった。

リグリアにもピエモンテにも、魅力にあふれる町は多数あるというのに、なぜ私は、そんな貧相なポッジにあえて住むことになったのか。今思うに、それはやはり、あの教会に行く手を阻まれた、としか考えられないのである。

リグリアでイタリアはおしまい。フランスとの国境手前に、リグリア州最西端のヴェンティミリアという町がある。海沿いに少し、山中に少し、という地形。国境であること以外、これという取り柄のない町である。

あえて探せばただひとつ、週に一度、海沿いの道に立つ青空市場だろうか。数キロにわたって市が立つ。衣類から食材、生活雑貨のたいていが廉価で揃うため、国境を越えてフランスからも大勢の買い物客や見物人がやってくる。

春も終わろうかという頃、出先のフランス側からミラノへ帰る際、その評判の青空市場の立つ日にちょうど当たった。せっかくの機会なので、高速道路を途中で降りて寄ってみることにした。

市場を見て回り、両手にいっぱいの野菜やらタオルなどを下げて、そろそろ帰ろうと駐車場に向かって歩いていたところ、

「あの、お車でいらしたのでしょうか」

背後から女性に呼びかけられた。強いシチリア訛《なま》りだった。振り返ると、白い聖衣にヴェールをまとった、ふくよかな修道女がいた。六十過ぎくらいだろうか。

ええ。それが、何か？

「急いでジェノヴァまで行かなければならないのですが、送ってもらえませんか」

シスターはにっこり笑ってはいるものの、その声と様子にはこちらに有無を言わせぬ押しがあって、私は断るに断れないという気持ちになる。それにしても、こちらの行き先すら聞かずにいきなり、ジェノヴァまで送れ、とは。

たしかにジェノヴァであろうが、その先百五十キロほどのミラノであろうが、フランスとの

国境から見ればどちらも〈イタリア方面〉には違いない。切羽詰まった様子のシスターにほだされて、もちろんお送りいたしますよ、とつい私は返事をしていた。

「ああ、ありがとう。助かるわ」

大きな体を揺さぶりながら、シスターは天に向かって十字を切り小さく投げキッスしたあと、急いで私の頭上あたりにも十字を切り、まるで法王のするように祝福してくれた。思いのほか軽快な身のこなしで助手席に乗り込んで、

「では、よろしくお願いします。さ、行きましょう」

元気よく言った。それは謝礼の挨拶というより、ほとんど指令に近いかけ声に聞こえた。

ジェノヴァのどちらまで、と尋ねると、「港まで」と言う。そしてすかさず続けて、

「あのね、もうちょっとスピード出ませんか。急ぐので」

すでに百キロ強だったが、了解して、アクセルを踏み込む。

「船が着くのでね、南米から。出迎えなのですよ」

新しいシスター仲間でもやってくるのだろうか。初対面であまり根掘り葉掘り聞くのも気が引けて、運転に集中して黙って頷いていると、シスターが黒いハンドバッグから大きく引き延ばした写真を出して、言う。

「ほら、この家族が来るのです。父母と子供四人。一番上の子が六歳で、末っ子は生まれたばかり。住まいが見つかるまで、ひとまず私が住んでいる村の教会で面倒を見るように、と修道

会本部から連絡があって」

皆を村へ連れて帰りすぐに食事ができるようにと、今朝早くヴェンティミリアの市場まで、信者の車に乗せてもらって買い出しに来たのだという。買い込んだ食料を村へ運びその足でジェノヴァまで迎えに行く予定だったのに、運悪くその車が市場に着いたとたんにエンストしてしまう。急な事態に、修理はもちろん、代わりの車も見つからない。迫る、船の到着時間。どうしよう。おや、親切な民族、といわれている東洋人がちょうど車に乗ろうとしているではないの。

「すみませんねえ。あなたにもご予定があったでしょうに。神のご加護あれ」

再び十字を切る。

この六人を出迎えた後、シスターは村まで皆を連れて帰らなければならないだろう。よかったら村までお送りしますよ、と言ってから、はっと気づく。親子六人とシスターで、七人。運転する私を入れて八人。この車は五人乗り。どうやって乗る。


ジェノヴァ港に着く。

この町には平地がほとんどない。海ぎりぎりまで斜面が迫り下りていて、その斜面を這い上るように建物が立錐の余地なく建っている。海辺独特の明るい日差しを受けて、薄い黄色や水色、緑やオレンジ色の建物はいっそう映えて、箱に詰まった色とりどりの砂糖菓子を見るようである。コロンブスはジェノヴァの生まれだった。どういう気持ちで、この町から大海へと出ていったのだろう。いろいろ想像していると、波止場に打ち寄せている汚れた海水も、深遠で重厚なものに見えてくる。

国境から海岸線をなぞるようにしてジェノヴァの港湾地区に入り、工場地帯を抜けて大型貨物船、客船が入港する地点まで走る。

世界初の銀行という建物が、広大な港のちょうど真ん中の位置に、正面に海を受け入れるようにして建っている。荷揚げされた異国の商品を前に、陸で待ち受けていたジェノヴァ商人たちが一斉に集まってきて、そこで取引をした。

海の向こうからは物資に限らず、大勢の異人たちも上陸した。長らくイタリア半島の、そして欧州の玄関だったジェノヴァ港。新旧が遭遇した地点である。海運や造船業が下向きとなった今、かつての栄華には到底及ばないものの、それでもジェノヴァ港には厳かで気高い空気が流れている。しかし近寄りがたい傲慢さはない。港へ着くものはすべて拒まずに迎え入れてくれる寛大さと、出て行くものに対しては未練なく送り出す潔さに満ちている。これぞ堂々とした母なる港である。

「ぐるっとそこを回って、できるだけ船着き場の側まで寄ってもらえるかしら」

大航海時代に思いを馳せてうっとり運転していた私は、シスターの新たなる指示にはっと我に返り、言われた通りにハンドルを切る。一般車両の進入は、ずいぶん手前で禁止されているはずだがと思っていると、さっそく湾岸警備員が近づいて停車を命じられる。

「すみませんねえ。ペルーからの客人待ちで。あなたに神のご加護あれ」

窓を開けてシスターが叫んで十字を切ると、警備員たちは皆、気をつけ、の姿勢になって車を通してくれた。

南米からのその船は予定よりずいぶん遅れて、ジェノヴァに入港してきた。遠目にもはっきりとわかるほど、年季の入った船だった。客船と呼ぶにはほど遠く、あちこちペンキが剝げて錆も目立つその船は、かつてどこかの国では貨物船として運航していたに違いない。甲板には錆び止めの灰色のペンキがべったり塗られているだけで、ベンチらしいものも見えない。デッキにはさまざまな管やら空気孔があちこちから飛び出していて、気をつけないと歩くのも大変そうである。その船の隣を滑るように走っていく洒落た様子の豪華客船とは、嵩《かさ》だけが同じで、比べようもないのだった。

静かになったシスターのほうをふと見ると、口の中で静かにロザリオを唱えている。新天地へやって来る者に多くの幸あれ。

ミズスマシのように海上を走る水先案内のモーターボートに先導されて、その大型船は難儀しながら長い時間をかけてようやく入港した。途中、ボーッ、ボーッと鳴らした汽笛は老人のため息のようで、〈やっと着いた。あとはよろしく頼む〉と言っているように聞こえた。

次々と降りてくる大勢の船客の中に、写真の六人家族の姿が見えた。シスターは大声で「こっちよ」と叫びながら、転がるようにして下船口まで駆け寄って行き、家族全員を両手で豊かな胸元へ包み込むようにして抱き寄せて、

「ようこそイタリアへ」

と言った。

とたんに夫婦はくたびれはてた顔のまま、感極まったように泣き出した。その下では、大小とりまぜた四人の子供たちが照れたようにもじもじしていたが、すぐにシスターのスカートにまとわりついてじゃれ合っている。

「これなら、なんとかなるわよ」

シスターは、ざっと幼い四人の子供たちを見回してから、私に向かって小声で言う。

「さ、行きましょう」

あの、全員で？

「その通り」

運転するのは、私。助手席には、丸くて大きなシスター。後部座席に夫婦と隣に一番年上の女の子が並んで座る。そして後ろの三人の膝に、残りの妹・弟・弟の三人が抱かれて座る。それで、しめて八人。

私は何か言おうとしたが、シスターは躊躇しているこちらのことなど一切かまわず、後ろを振り返って、

「一時間ちょっとだから、辛抱してちょうだいね。さあ、出発進行」

笑って指令した、十字を切りながら。

港湾の例の警備員たちはこの一部始終を見ていたはずだが、私が車にエンジンをかけたとたん、全員があらぬ方向を向いた。行ってください、さっさと出発してください。誰も見ていませんから。黙礼する。こうして私は七人を乗せて、ジェノヴァ港から逃げ出すように大急ぎで、でも慎重に走り出したのである。

再び来た道を戻る。

車内にはイタリア語やスペイン語が飛び交い、そのうち喧嘩して泣く子あり、シスターからあやされて笑う子あり、母親と歌い出す子あり。小学生の遠足のバスのようである。夫はイタリア人、妻はペルー人。妻は、まだ四十を過ぎたばかりというところか。夫より一回りは年下のように見える。

なぜこうして皆でイタリアにやって来たのか。シスターは何も聞かない。夫婦も何も言わない。私も黙って運転する。

途中、高速の休憩所で大人はエスプレッソコーヒー、子供はアイスクリームを食べる。レジの女性は、私たち全員が一台の車から降りて来たのを見て、目を剝いている。残りの道程を急がなくては。

高速を降りて山へ向かって曲がりくねる急な坂道をどんどん走っていくと、突然前方に大きな建物が現れた。

ああ、このままではぶつかる。

肝を潰して、私は急ブレーキを踏んだ。建物は、教会と祈禱所だった。よく見ると、その二つの建物の下方には道が突き抜けていて、車も十分に通れる穴が開いている。

「さあ、着きましたよ」

シスターの言う教会は、この山道の上にまたがるようにして車を阻んだその建物だったのである。

「皆さん、ポッジへようこそ」


一家の荷物を車から降ろすのを手伝い、といってもトランクがたったの一つだったが、シスターの買い出しの食料品を運び入れたりするうちに、あたりはすっかり夕暮れとなった。これからまた運転してミラノまで戻るのかと思うと、どっと疲れを感じた。

「今晩は、どうぞ教会で泊まって行ってくださ い。おいしいミネストローネを作りますよ」

そう言ってシスターは私の背中を大きな手でドンと叩いて、ウインクしてみせた。

教会で泊まる。ペルーの人たちといっしょに。どこの修道院も、料理はおいしいと聞いたことがある。それではシスター、喜んで。

「そう。それなら悪いけど、皆のベッドの支度と、それが済んだら夕食の準備も手伝ってもらえるかしらね」

教会では翌朝早くにミサがある、ということで、その晩はひとまず祈禱所のほうで寝ることになった。祈禱所は中に入ってみると外見より傷みがひどく、屋外から引いてきたむき出しの電線に裸電球が一個ぶら下がるだけの、なんとも寒々しい状態だった。

もう久しく、祈りにやって来る人などいないのだろう。外から舞い込んだ土埃が厚く溜まっていて、石畳の床の表面は見えない。それでもよほど疲れていたらしく、折りたたみ式のベッドを並べて、足りない分は寝袋を敷いて横になったかと思うと、ほどなく子供たちも夫婦も寝入ってしまった。

時折すきま風で床の土埃が舞い上がる、真っ暗な祈禱所で私も横になる。高い天井を見ながら、さきほどの食事中の話を思い出す。

シスターのミネストローネは、ざく切りにした数種の春の野菜をただ煮合わせただけの質素なものだったが、それぞれの旨味がよく出ていて、心底温まる逸品だった。祖国を後にして長い船旅のすえ着いた先は、言葉の通じない異国である。しかも出迎えに来たのは、老いたシスターと日本人。ぐるぐる回り上って山奥まで連れてこられて、幼い子供たちはどれほどに心細かったただろう。飾り気のないスープは、何よりのもてなしだった。

シスターは、みるみる元気になって席を立ち走り回る子供を叱りつけながら、手際良く焼きたてのスポンジケーキをオーブンから取り出して、人数分に切り分け、小皿に盛って、皆に配り終える。よいしょ、と再び自分の席に戻り座ってから、夫婦の顔をにっこりと見て、

「それで？」

と言った。

痩せて目のくぼんだレンツォは、妻のブランカをちょっと見てから、ゆっくりと話し始めた。

「ここからさらに数十キロ内陸へ入ったところで、私は生まれ育ちました。家業を継いで左官屋を営み、妻と娘の三人で平凡ですが静かな生活を送っていました。ところがある夏、豪雨のあと土砂崩れで家が流されてしまって」

そこまで話してレンツォは遠くを見る目つきになり、再び黙り込んでしまった。シスターはしばらく何も言わずに座っていたが、急に思い出したように、そうそうレモンリキュールがいい具合に漬かっている時分だったわね、と呟きながら台所のほうへ立っていった。

まばゆい黄色に輝くリキュールが入ったグラスを渡されて、はっと我に返ったレンツォに、さあ、とシスターは自らリキュールを飲み干して見せた。

「妻と娘をいっぺんに失いました。私はその日、朝から仕事で県外に出かけていていなかったのです」

自分だけが生き残ってしまった、という罪悪感に押し潰されて、レンツォは誰とも会わず仕

事もせず食べず、ただ茫然としていた。心配した周囲の人たちが、彼を無理矢理ペルーへと送り出す算段をした。現地でリトルイタリーができるほど、代々、大勢が移民している町があったからである。

レンツォは、ジェノヴァから船に乗った。もう二度と生きてイタリアに戻ることはあるまい、と思いながら山を見た。

同郷の者の口利きで、レンツォは炭坑で働き始めた。重労働だったが、ペルーはひどく貧しく、仕事があるだけでも幸運だった。体を張って自分をいじめるように働いているうちに、イタリアでの不幸や自分の半生すら遠い出来事となり、そのうち果たして現実にあったことなのかどうか、とまで思うほどになった。新しい土地に馴染み始めたころ、ブランカと炭坑の近くの食堂で出会う。

「一目惚れでした。お日様のようだ、と思った。鬱々とした気持ちに、文字通り暖かな陽が差し込んできて、久しぶりに人と話をする気になったのです」

結婚。四人の子が続々と誕生した。人足の仕事にも慣れて、貧しくもにぎやかな二度目の人生の始まりだ、と洋々としていた矢先に、炭坑が突然閉山してしまう。ペルーの経済はますます悪化するばかりで、幼子を抱えてレンツォ一家の先行きは暗澹《あんたん》たるものとなった。

「祖国へ帰ろうか、という気持ちになって」

イタリアに戻ること、それは抹消した辛い過去と再び対面するということでもあった。恐ろしかったが、他の国に家族を連れて行き再び一から始めるほど、もうレンツォは若くなかった。気持ちの整理がつくと早かった。家を畳み、イタリア移民の帰国組に合流して、家族全員で船に乗った。

「今日、山を控えたジェノヴァ港を見たとたん、ああ生きて帰ってこられてよかった、と思いました。それまで一度も恋しいと思ったことなどなかったのに」

レンツォは、哀しいような嬉しいような半々の顔でそう言ってから、声なく震えながら泣いた。妻ブランカがレンツォの手を強く握ってからにっこりして、シスターにスペイン語で何か言って、大きな目でウインクしてみせた。

あーはっはっと、シスターはひとしきり笑ってから、私に訳してくれた。

「トマトだって旧大陸に着いたときは嫌われたらしいけれど、今ではイタリア料理で不動の位置に君臨している。私ら親子だって、きっとそのうちイタリアでなくてはならないものになるわよ、って言ったのよ。同じインカ産なんだから、ってね」

ジェノヴァから上陸したインカ産のブランカとその子たちといっしょに、これからレンツォの第三の人生が始まる。その最初の晩に、私は同席したのだった。

哀しいような、楽しいような。レンツォの表情どおりの話だった。

それにしても、こんなうすら寒い村でうまくやっていけるのだろうか。

翌朝、幼い子たちの着替えや食事を手伝ってから、私はポッジを後にした。

「ミラノが厭になったら、いつでもいらっしゃいよ」

車に乗り込む私の背中をまたバンと叩いて、シスターはそう言った。


別にミラノで辛いことがあったわけではないけれど、それから半年も経たないうちに、私は荷物をまとめてポッジに来ていた。あれほどにさみしげな村を見たのはイタリアに住むようになって初めてであり、大雑把なようで繊細なシスターの魅力的な人柄は、日が経つにつれてますます強烈な印象となって頭から離れず、居ても立っても居られなくなったからだった。引っ越しまでする必要はなかったのかもしれないが、実際に住んでみないとわからないことや知らないことがたくさんあるに違いない。

シスターは大歓迎してくれて、やはり教会の持ち物だという、シスターたちが寝泊まりしている建物と庭でつながっている、二間の家を貸してくれることになった。

「一三〇〇年代初めの頃のだと思うわ。ちょっと冷えるけど」

壁の厚さが八十センチもある建物だった。横割れする平たい盤岩を積み重ねて、その間に細かい石と土をはさみ込むように積み上げていくだけで、漆喰はない。この一帯に古代から伝わる独特の施工法なのだ、とシスターは説明した。遺跡の中で暮らすに等しく、冷えの問題など二の次である。

幼い子供たちの歓声が、シスターの背後から聞こえてくる。大勢いるようだ。

「ここで乳児園、保育園、幼稚園をしているのよ。ちょっと入って見て行ったらどう」

こちらが返事をする前に、もうシスターはドアを開けて奥へと私を引っ張って行く。

暗い玄関前の廊下のドアを開けると、向こうにはまぶしいほど日当りの良い広間があった。四十平米ほどだろうか。床は、やはり古い石のはめ込みになっている。数世紀を経て、石の角は摩耗し丸くツルツルに光っている。部屋の隅のほうに乳児用のベッドが三台並べて置いてあり、生まれたてのような赤ん坊が寝ている。

その前には、背丈が一メートルにも満たない幼子たちが、実にたくさんいた。十五人はいるだろうか。よく見ると、人種がばらばらである。

「フランス、ドイツ、ギリシャ、イギリス、オランダ、アメリカ、スペイン、ブラジル、韓国、アフリカ、ペルーにイタリア。先週、テレビが取材に来たの。全国でもこれだけ人種が揃っている幼稚園はここだけだって、ね」

ペルーの子。レンツォとブランカのところの四人の子供たちも、そこにいた。元気そうで、もうイタリア語を話している。

玄関のブザーが鳴って、いっせいに子供たちが入り口のほうへ走り出す。迎えの時間で、親たちが来るのだった。

「まあ」

大きな声がするのと同時に、私はブランカに抱きつかれていた。福々しい顔で、元気そうである。薄化粧もしていて、なかなかである。

ぜひお礼をしたいのでうちへ寄ってくれないか、と重ねて誘われて、子供たちに手を引かれて、レンツォとブランカの新居へ行くことになった。私がポッジに引っ越してくるきっかけとなった、ペルーの家族の新しい家へ。

村の外側の道はときおり車が通るので、内側の集落の間の細い道を行くことになった。

それは、不思議な光景だった。まるでドブの中を歩くような、そういう路地が続いている。人が二人も並べばもう道幅いっぱい、というほどの小径は、道の中央に向かって道端から漏斗《じょうご》のように傾斜がついている。平坦でないため、気をつけないと足を捻りそうである。

「村には、地下を流れる下水道が整備されていないのです。雨水や生活排水は、まとまってこの路地を流れていくの」

ブランカがそう説明するうちにも、ざあっと白い泡の立った濁り水が足下を流れ通る。どこかの家で洗濯でもしているらしい。

「ここはほとんど雨が降らないのだけれど、いったん降り出したら、もう上から下から、あらゆる水が家じゅう、体じゅうに沁み込んでくるのよ」

そうだろう。しかも建物の壁は、たしかに重要遺跡かもしれないが、漆喰すら施されていないのである。壁を伝って雨水が、路地からは濁流が、好きなだけ家屋内に沁み入ることだろう。

シスターがさきほど、ちょっと冷える、と言ったのは、湿気のことに違いなかった。

歩きづらい路地をしばらく行くと、村の外れに出た。そこに家族の新居はあった。汗をかいたように、湿気が壁から伝い落ちる平屋には、窓から窓へロープが何本も渡してある。そこへありとあらゆる大きさの洗濯物が無数に、しかし行儀よく干してあった。すべて白い色だけ選んで洗い干してあり、ブランカの几帳面で家事好きな、家族思いの人柄がよくわかる洗濯風景だった。

「乾かないわね、何日干しても」

からりとそう言ってブランカは笑い、さあ、と家の中へ招き入れてくれた。

それにしても、いったいここはどこなのだろう。

居間に入ると正面には大画面のテレビがあり、天井からは立派なシャンデリアが下がっている。部屋の中央には、八人がけの大きなテーブルがあり、白いレース編みのテーブルクロスがかけてある。手編みに違いない。感心して触って見ていると、ブランカが得意そうに笑う。

食器棚がその背後に置いてある。磨き上げられたガラスの引き戸の向こうには、食器といっしょに額に入った家族の写真がところ狭しと置いてある。レンツォとブランカの結婚式。四人の子供の誕生から初聖体受礼式。誰かの誕生日。クリスマス。カーニバルの変装。復活祭。夏休み。ペルーの町。ペルーの親戚。ピンクとオレンジ色の南洋の花の造花があちこちに飾ってあり、よく見ると花の側には、聖母マリア像がある。十字架を背負うキリストも見える。

外の殺風景な寒村とは、温度差が三十度くらいありそうな、温かな家庭の凝縮がその家の中にはあった。

「さみしくてさみしくて、最初は。村の誰かがジェノヴァに行く、と聞けば、荷台であろうが構わず乗せてもらって皆で港まで行き、南米からの船を待ったの。貨物船でも客船でも、軍用船でもなんでもいい。南米から船が着くと、降りてくる人を誰でも構わずここまで連れてきたのよ」

ブランカは立ち上がって、ぴかぴかに磨きあげたカセットデッキを持ってきてスイッチを押す。流れ出る、サルサの音楽。

「ペルー料理ふうのものを出して、食べて、飲んで、皆で朝まで踊るの。そのうち、仲良くなった船員たちがペルーから食材や雑誌を持ってきてくれるようになって。もうだいじょうぶ」

さあ、とブランカから渡されたのは、台所用の布巾である。

「こうやって」

右手を肩の上にして布巾の片方を持ち、布巾を背中側に回して、左脇腹あたりでもう片方を持て、と教えられる。

「背中を洗うつもりで、布巾を上下に動かしてみて」

なるほど、サルサの音楽に合わせて布巾を動かすと、チャチャチャチャ、チャチャチャチャ。サルサの身振りが完成しているのだった。

何事にも前向きでへこたれないブランカの子供である。異国の山奥に転校してきても、誰もくじけている様子はない。それでどう、学校は。一番上の女の子に尋ねてみる。

「登校一日目に、男の子が『やーい、ウンチ色してるー』って言った」

ひどいねえ。悲しかったでしょう?

「だいじょうぶ。すぐに私も、『やーい、お前、ウンチをお尻から拭くトイレットペーパーの色してるー』って言い返したから。泣いてたよ」

六歳である。

四歳、二歳、零歳の弟妹はじっと、小さいが大きい姉のその話を下から見上げるようにして聞いている。ブランカは、よくやった、というふうにそのお姉さんの頭をぐっと撫でる。

レンツォは、教会の口利きで便利屋のような仕事を始めたそうだ。ブランカは手先が器用なので、椅子の張り替えや洋服の裾直しなどを下請けしているのだ、と言った。

「でも、そのうちマッサージを始めようかと思っている」

それならせっかくだから、まずこの私にマッサージをお願いします。

ほんとうにいいの、とブランカは目を輝かせ、

「じゃあ、ここに俯《うつぶ》せになって」

そう言うと、レースのテーブルクロスをさっと取った。

テーブルの上に横になり、低く流れるサルサの音楽を聞きながらブランカの治療を受けてい

るうちに、私は眠り込んでしまったらしい。それにしても、背中に触れるような、触れないような、見事なマッサージである。疲れや鈍痛がすっかり消えていて、感心する。

「専門学校で少し勉強したけれど、ほとんどはペルーの内陸にいる老女からの直伝なの」

老女は、祈禱師のような人だったらしい。ブランカはその老女から、神通力があるから人のためになるように使いなさい、と言われたそうだ。人の背中に触れると、どこが悪いか、どこを押せばいいのかが即座にわかるのだという。

「ペルーには、白や黒、赤の魔術があってね」

白は良いことが起きるように、黒は相手を呪い、赤は恋愛が成就するような魔術なのだと説明した。

このブランカは、裁縫の下請けでは終わらないだろう。開業許可があろうがなかろうが、遠からずきっと、人が押し寄せる巫女《みこ》のような存在になるに違いない。異教徒の侵入を阻んだカトリック教会のたもとで、というのがやや気になるものの、人助けには違いないのである。閑散としたポッジ村という背景も、またそれにぴったりではないか。

ペルーの家族のたくましい暮らしぶりにすっかり感心して、いよいよ私は自分の家に入る。ひんやりとして暗く、地下壕のような家だ。これなら冷蔵庫を買う必要もないかもしれない。鞄から衣類を出して、ベッドの上に置く。洋服ダンスの中に入れようとすると、わずか数分の間にもその衣服が濡れたように湿気を含んでいる。屋外は二十度を越す陽気だったが、この調子である。まもなくやってくる秋、冬に備えて、室内の湿気を取り除いておかなければ。

先ほどから、ドンドンと重いもので床を打つような音が階上からする。引っ越しの挨拶のついでに、階上の住人と音の正体の偵察に行くことにした。うまい除湿方法も教えてもらえるかもしれない。

七段ほどの石の階段を上がると、二階の家の玄関前に出た。まるで縦穴式住居のようで、日本からミラノ、ミラノからこの状況へ、よく引っ越してきたものだ、とあらためて不思議な巡り合わせを思う。

こんにちは、下に越して来た日本人です。

返事がない。足下から小石を拾って、それで玄関扉を強く打ちながら、再び呼ぶ。誰も出てこない。今までのあの大きな音は、では、誰だったのか。

諦めていったん家に戻り片付けを続けていると、玄関のブザーが鳴った。

出てみると、若い男性がいる。イタリア人ではなかった。

「上に住む、ハッサムと言います」

トルコ人である。

私が訪問したとき、家の中にはハッサムの母と妹しかいなかったため、返事をしなかった、という。男性が側にいないとき、女性は他人に姿を見せてはならないし、もちろん口など利くのは御法度なのだという。

「イスラムの教えです」

ペルーの祈禱師のもとから戻ったかと思ったら、今度はイスラムの神か。

ハッサムは、ポッジに来てまだ数ヶ月なのだと言った。それでもイタリア語がなんとか話せて、礼儀正しい好青年のように見えた。

引っ越しの荷物の整理や今後の家の手入れなど、人手が必要なときはあなたに手伝いをお願いしていいか、と聞くと、

「喜んで」

と頷く。相手が外国人で異教徒なら女性でもこうして話していいのか、と重ねて聞くと、

「ここはポッジですので」

いいのだ、と悪戯っぽく笑って言った。二階の窓が少し開いて、隙間からブルカで顔を覆った目だけの女性が、玄関口に立っている私にそっと会釈した。ハッサムの母なのだろう。

大きな音の正体は、剝いだ羊の皮を叩いてなめす作業の音だと知った。どこからそんな皮を持ってくるのか、どこに羊がいるのか、家の中でそんなたいそうな仕事をするのか。聞けば聞くほど、ミラノでは想像も及ばぬ別世界の話ばかりである。内心、仰天する。ハッサムが当たり前のことのように話すところをみると、ポッジではふつうのことに違いない。

ふと気配を感じて上方を見ると、隣近所の建物の二階の窓がどこも少しずつ開いていて、そ

こから村の老人たちが立ち話をする私たちをじっと見ているのだった。

どうも、と上を見上げて挨拶する。

ぴしゃり、と次々に閉まる窓。


そもそもリグリアの海からトルコ人たちは上陸し、異国の地に攻め込んでいった。襲撃を未然に防ぐために、一帯の海岸線や海を臨む小高い丘の上には、トルコ人警戒のための塔が建てられた。

一帯の山村は、山の上にある。山の形そのままに、集落が張り付くようにして建っている。襲ってくるトルコ人から少しでも遠くへ、難しい地形へ、と住民は逃げ登ったのだった。下から駆け上ってくる異教徒たちを、煮え湯や沸騰する油を頭上から浴びせかけて阻止した。どの村の道も狭く蛇行しているため、そこを通るトルコ人を頭上から狙うのは簡単だった。

そういう世紀を越えての敵であるトルコ人と、あの日本人は楽しげに話をしている。家事も頼んでいる。東洋人も敵かもしれない。気をつけなければ。

湿気の籠った村の老人たちはトルコ人より頑なで、それからしばらくの間、道で会っても誰もこちらの挨拶には応じてくれなかった。


音のないポッジの朝は、まだ暗がりに広がるパンの焼ける匂いで始まる。パン屋どころかバールすらない村なので、どこかの家の自家製である。それにしても、いったい誰がこんなに早くからパンを焼いているのか。

今朝こそは匂いの元を確かめよう、と早起きして路地に出る。村ではほとんどの家が、薪を焚いて暖を取っている。まだ黒い空を見上げて、パンの香りと薪の煙の出所を追う。

パンの匂いの元は、なんと頭上のハッサムの家だった。

七段上がって、ドアを叩く。出て来たハッサムに挨拶もそこそこに匂いの真偽を尋ねると、ちょっと待て、と手で私を制して家の中へ戻り、両手にいっぱいの焼きたてのパンを抱えて玄関へ出てきた。

「毎朝、母が焼きます。よかったらどうぞ」

それはインドのナンのようでそうでなく、イタリアのフォカッチャとも違い、切なく甘く、しかしそこはかとなく塩味もして、ふっくらと柔らかいかと思うと、パリッとした表皮の香ばしさも味わえる、極上のパンだった。

ハッサムの母とは、イスラムの教えのために、直接話ができない。

美味すぎて飲み込むのが惜しいようなパンで朝食を終え、再びハッサムを呼ぶ。これからは私にも毎日、パンを焼いていただきたい。買いたいのです。ハッサムの母親へ伝言を頼む。そのとき窓が少し開いて、ブルカの奥の目が笑い、〈了解〉というふうに頭を動かした。

トルコ製の焼きたてパンを食べ、ときどきペルーの魔法の手にかかりに行く。シスターから呼ばれると幼稚園へ行き、ブランカやハッサムとも手分けして、買い物や炊事、子供の守などを手伝った。ポッジでの新生活は、外界のイタリアの事情とはかけ離れていて、自分が何時代のどこにいるのか、すっかり忘れてしまうような毎日だった。

乳児の世話からポッジの教会のあれこれまで、老いたシスター一人で何もかも、なのである。たまに見かける他のシスターたちは高齢で、自分の身の回りとお祈りだけで精一杯、という様子だった。

「ほんとうに助かるわ。神のご加護あれ」

幼稚園は公には、乳幼児から六歳までを対象としていたが、実際には、赤ん坊から小学生や中学生まで、さまざまな年齢の子が常に大勢いた。往来するうちに、ポッジ村だけではなく近隣の村の子供たちまで、まとめて面倒を見ているのだと知った。

大半の親は、不便な内陸で農業を営んでいる。朝から晩まで働いて、子供の面倒を見る余裕はない。それでシスターは、朝ご飯から、場合によっては親たちの夕食まで用意する。小学校に上がった子供たちも、家に帰ってもどうせ誰もいないので、幼稚園にやってきてはおやつを食べ、食事をして、待ち時間に宿題を済ませ、幼い子たちの面倒を見て、シスターを手伝うのだった。

オランダやドイツ、その他さまざまな国から来た外国人の親たちの多くは、画家だったり音楽家だったりした。北欧の人にとって、イタリアは太陽の溢れる南国であり、また芸術家の魂を刺激する地なのである。たとえイタリア人ですら知らない過疎のポッジであっても、彼らにとっては楽天地イタリアであることに変わりはなかった。あるいは、華やかなフィレンツェにはない、隠れ家めいた魅力を感じたのかもしれないし、檜舞台に立つには及ばない自称芸術家なのかもしれなかった。理由はどうあれ、さまざまなところからこの村へは人が流れ込んでくるらしかった。路地が漏斗になって、水を集めてくるように。

ある日幼稚園に寄ると、四歳のドイツ人の女の子が泣いている。父は彫金師で、母は古書の修復家である。ハンブルクから移住してきて、村にそれぞれ工房を持っている。このフェデリカはポッジで生まれた。

「誰もおやつを交換してくれないの」

子供たちの一日のハイライトは、家から持ってきたおやつを交換するときである。私の飴あげるから、あんたのビスケットちょうだい。このハムサンド一口で、そのリンゴケーキをひとかじりさせて。

フェデリカの今日のおやつは、ニンジンだった。ニンジン一本だけ入ったビニール袋を持って、しくしく泣くフェデリカ。

問うと、毎日、ニンジンなのだという。最初は優しい子たちが交換に応じてくれたが、さすがに連日ニンジンでは、もうおやつを交換してくれる子はいない。ドイツ人の両親は、堅実で厳しい菜食主義者なのだった。

「あの子の家、テレビもなくて、つまんない」

おやつのない子がもう一人いた。同じ四歳のエドである。エドには、おやつだけではなく、歯もない。エドはイタリア人だが、いつも部屋の隅に膝を抱えて座ったきり、誰とも話さない。ときどきニンジンで仲間外れになったフェデリカと一言二言ことばを交わす程度で、それ以外はじっと黙ってそこにいる。

ちょうどその日エドの母親から、忙しくて迎えに来られない、と連絡があり、私が家まで送っていくことになった。とっぷりと日が暮れていて、そろそろ夕食どきという時間になっていた。

エドはほかの同い年の子たちに比べて、ひどく体軀が小さかった。歯がないうえに痩せていて、さみしそうな目ばかりが目立つ男の子である。

母親は湿った路地に出て、私たちを待っていた。明日の昼ごはんをぜひうちで、と誘ってくれる。

翌日、エドがおやつに持てそうなチョコやジュースを手土産に、昼食をよばれに行った。エドの母親は、トレーニングパンツの上にござっぱりとした白い木綿のブラウスを着て、迎えてくれる。

昨晩は暗がりでよくわからなかったが、その家は私があのときレンツォ一家と泊まった祈禱所の続きに建っていた。ほとんど崩れかけのような建物の端の空間は、内側から梁《はり》で補強されてあり、一間だけの住まいになっている。

窓がない家だった。あるのは、机と椅子二脚にベッドだけ。エドは幼稚園に行っていていないので、母親と私は椅子に座って食事ができた。廃材を台にした食卓には、道端で摘んだという黄色の花をつけた野草が一輪、空き瓶にいけてある。

「これ、うちで採れたの」

出されたのは、バジリコの葉を潰してオリーブオイルと混ぜ合わせて作るペーストで和えたスパゲッティだった。

「松の実は高いので、海辺のバールでもらってきたピーナッツを入れてみたのだけれど、どうかしらね」

ペーストには要のチーズが入っていなかったが、摘みたてのバジリコの濃い香りが立ち上って、いい味わいだった。

「お金がないので、何でも自分で作るかその辺で摘んだり拾ってくる」

そう言って笑った母親の口元にも、歯はまばらにしかなかった。

「あなたがミラノから来たとシスターから聞いて、もう話がしたくて。私、ミラノっ子なのよ。エドもミラノで生まれたの」

ミラノの最近の様子をひとしきり話した後、

「ポッジには、自分で選んでやってきたのではない」

とぽつりと言った。

エドが生まれるとすぐ、それまでまじめで優しかった内縁の夫が豹変した。殴る蹴る。勤め先の工場も、一言の相談もなく辞めてしまう。ふて寝。煙草。深酒。トトカルチョ。そして、殴る蹴る。

そのうち深夜になると黙って出かけて、そのまま朝まで戻らないようになる。お金はそこそこあるようだったが、夫婦の会話はなくなり、いよいよやりくりに困って夫に生活費を乞うと、返事の代わりに拳固が返ってきた。

「歯は、あのときにほとんど無くしちゃって」

夫が深夜に始めた仕事は、麻薬の売買だった。下っ端の売人だったが、一斉捜査で逮捕され実刑が言い渡された。二歳にならないエドと母親は、暴力夫が刑務所から出てきても見つからないように、裁判所と市の福祉課が身柄を保護する手続きを取った。修道院も協力して、親子はポッジにひっそり連れてこられたのだった。


路地を歩いて帰る。

誰もいない。聞こえるのは、足下を流れる水の音だけである。

教会を越えたところで、日陰で何か動いた。目を凝らすと、エドだった。暗がりにしゃがみ込んで、野良猫を相手に遊んでいる。

「明るいところに行っては駄目、目立ってはならない、と言いつけてあるの。いつ夫に見つかるかもしれないから」

人の気配にエドは怯えた目でこちらを見て、私だと気がついて、母親からさっそく貰ったのだろう、土産の菓子袋を高く掲げて見せ、歯のない口を大きく開けて声を出さずに笑った。

〈ポッジへようこそ〉

そう書かれた村の入り口の案内板は、山の下から抜ける風に揺れていた。

船との別れ

昼を少し過ぎて、浜に人影はない。

空は薄い灰色で、唯一それだけが冬が終わったことを告げている。それでも、ときおり吹いてくる突風を正面からまともに受けると、身体の芯まで一気に冷えきるような寒さがまだ残っている。セストリの海岸線はゆるやかで、ぼんやり空へ溶け込むようにして一つになる。海面は穏やかで、波打ち際はまるで湖畔のようである。

遠浅のこの海岸で、初めて海を経験する幼子は多い。喰い初めならぬ、潮初めである。朝、生まれて間もない子が親に抱かれて散歩する光景には、居合わせたこちらも希望でいっぱいになる。

母なる地中海、か。この海辺へ来ると、母親の胸に抱かれるような気持ちになるのは、なにも幼子ばかりではないだろう。

気持ちが沈むときには海へ行ってはならない、と言う。繰り返し打ち寄せる波に、沈んだ気持ちが負けてしまうかららしい。老いたり弱ったりすると、山や湖を選ぶ人が多い。

しかし、セストリの海は例外である。ミラノから各駅停車で行ける海がある。そして、そこにはいつも優しい母が待っている。そう思うだけで、たちまち傷んだ気持ちも和らぐのだった。


閑散とした海辺を一人で歩く。

さまざまなものが、打ち上げられている。侘しいながらも、どこか寂れた味わいがある。淡々と、枯れていっそう品格ある老人のようでもある。母親だったり老人だったり、海への印象はどうやらそのときの自分の調子によって変わるらしい。

今日セストリに来たのには、理由があった。

長らく音信の途絶えていた知人から、昨晩、突然に電話があった。

「海から引き上げられたままの船がある。木製の帆船だ。朽ちてしまう前に、ぜひ見に来ないか」

私が浜育ちであることをふと思い出したのだ、と言った。

「滅多に見かけることのない、古式帆船だから」

知人は、日本人の私にイタリアの古式帆船を見せる、という思いつきが気に入って興奮しているようだった。

「船主はわからないけれど、地元の船大工が作ったものに違いない。船型が、リグリアに古くからある貨物船と同じだからね。下腹がでっぷりとしていて、沖に出て帆を張ると、さぞかし立派だったろう」

でっぷりとした木造帆船、珍しい古式だと言われても、どうもピンと来ない。それに何年も前の夏に会って以来、ずっと音沙汰もなかったような人から突然に電話を受けて船の話をするなど、唐突で不思議な感じがした。

海から、〈おいで〉と呼ばれているのだろうか。そう考えると心が逸り、訪問を約束して電話を切り、今朝すぐ、電車に乗ったのである。

ビーチパラソルもなく海水浴客もいない浜は、端から端までよく見渡せた。

海辺に出たとたん、その船が目に入った。深い茶色の船体は、遠目にもかなり傷んでいるのがわかる。太い角材が数本、並べて置いてあり、船はその上に載っていた。船の重さで、角材はほとんど砂に沈んでいる。波打ち際からかなり離れたところに引き上げられてあり、海沿の松林の木陰で船は疲れて横になっているように見えた。

遠くから見ると、丸みを帯びた船底はどことなくユーモラスで、まるで子供が描いた絵の中から出てきたような印象である。しかし近づくにつれ、その大きな船体は見上げるような高さでそびえ立ち、しかもかなり長いのだった。

たいした船である。全長十五、六メートルはあるだろう。船底に近いところに立つと上方は全く見えず、建物にすれば三階くらいの高さは優にある。

知人と落ち合う。

どうです驚いたでしょう、とまるで自分が船主のような得意気な顔で笑い、さっそく船を案内してくれることになった。後ろに付いて歩きながら、そっと船腹に触れてみる。ざらりとした感触があって、手に潮が付いた。長らく浜で風雨にさらされて、木が潮をふいているのだ。

船体に沿って、船首から船尾のほうへと回っていく。一片一片はそれほど幅広でない木片が、無数につなぎ合わさって船体はできている。直に触れてみても片と片の繋ぎ目がわからないほど、丁寧に仕上がっている。一本の巨大な木をくりぬいて作ったかのように、船体は滑らかな曲線を描いている。

「去年も一昨年も、海には戻らなかった」

途中、立ち止まって知人は言い、

「陸にあがったままなんて、おい、気の毒だねえ」

船に向かって話しかけるように、呟いた。

陸に打ち上げられてしまった鯨のようで、腹の木を触るうちに、海水を汲んできてその体に掛けてやりたい衝動にかられる。

木の表面には、あちこちに細かなひび割れが入っている。

「木造船は、冬が来るといったん陸に引き上げる。夏じゅう海に浸かりっぱなしだった船体に、風を通してやるのです」

衣替えで着物を虫干しするのと似ている。

冬、海の近くの空き地には、引き上げられた木造船が並ぶ。船底についたフジツボを落とし、傷んだ木を削り落として新しく接ぎ木をし、木目を磨きあげ、防水用の塗料を塗り直す。

「乾燥すると、木に割れ目ができたり、船体の木片と木片の繋ぎ目が広がり過ぎてしまう。夏が来る前に手際良く済ませて、また海に戻すのです」

木造船は水を得ると、しばらくは船底から余計な水が入る。腕の良い船大工は、木が水と接して膨らむ具合を見越し、木片と木片の間にわざと微妙な隙間を残して打ち付ける。海に戻ると船は必要なだけの水を吸い上げて膨らみ、海と一体になってからようやく、きれいに浮上するのだという。

「夏と冬、海と陸の差をうまく読んで手入れを繰り返してやらないと、船はどんどん老いていくのです」

知人は〈傷む〉と言わずに、〈老ける〉と言った。

やあ、と彼が手を上げたほうを見ると、気難しそうな中年の男二人がいつの間にかそこに立っていた。私が会釈すると、にこりともせずに黙って顎をしゃくりあげるようにして、挨拶を返した。

「幼なじみです」

愛想の悪い二人は兄弟で、そろって腕のよい船大工なのだ、と知人は紹介した。一人は小柄で痩せていて、その弟はがっしりと肉厚で大柄だった。

「入ってみますか」

痩せた兄のほうが、私のほうを向かずに低い声でぼそりと尋ねた。

私の返事を待たずに、弟が裏手にある作業所から梯子《はしご》を運んできた。それは今までに見たこともないような、長い梯子だった。年季の入った木材で出来ている。どこかの旧家から階段だけ外して持ってきたような、堅牢な梯子だった。

どうぞ、と弟は梯子を船腹に立て掛けたが、傾斜がなく垂直に立っている。斜めに立て掛けると、それほど長い梯子でも甲板への高さに足りないからだった。

ここを上るのか、とためらっている私を置いて、兄はその梯子を軽やかに駆け上っていってしまう。知人は、「私はここから見るだけで、もう十分」と尻込みをした。

「あんたはどうぞ、上ってみてくださいよ」

弟は仁王立ちで腕組みしながら、私に目で〈行け〉と促す。船を見にここまで来て、中を見ないまま引き下がるのはさすがに惜しく、覚悟を決めて階段に足をかけた。

「足下を見ないで、止まらず一気に、しかし慎重に」

甲板から兄が声をかけてくれるが、時折吹いてくる風に梯子ごと飛ばされはしないか、しくじって足を踏み外さないか、気が気でない。

さあ、と今度は下から熊が呻くような声で、弟に急かされる。大勢の人に踏まれて段は真ん中がすり減っているが、うまい具合に表面に滑り止めがしてあって、足を置くと下から階段が私の足を摑み返してくれるような踏み心地がした。

上で待っていた兄は骨と筋だけの手を差し伸べて、最後の一段から上、思いもかけぬ力で私を引っ張り上げるようにして、甲板へ迎え入れてくれた。

甲板に立つと、海の上でもないのに、足下がゆらりと動いたような気がした。下に残した弟と知人が小さく見えて、自分が巨人になったような気分である。船下や周辺の視界は消えて、目に入るのはただ海原と空だけである。

兄に勧められて、舵《かじ》に触れてみる。木製の、大きな舵だった。ニスが剝げ落ちて、中から乾いた木が見えているのが、生傷を見るようで痛々しい。

「今でこそだいぶんくたびれていますが、手を入れると地中海一の貴婦人ですよ」

船大工は初めて少し笑い、自分も優しい手つきで舵を撫でている。舵の前には速度計と羅針盤が付いていてその盤面に、〈一九三〇年　ジェノヴァ〉と刻字が見えた。羅針盤の脇には鍵穴があり、そこに〈メルセデスベンツ〉と小さく彫ってある。二本柱の帆船だが、エンジンも搭載しているのである。

「往路はジェノヴァからワインやオリーブオイルを載せ、帰路はシチリアや北アフリカから塩やオレンジを積んで戻ってくる」

荷をたくさん積めるように腹がでっぷりと広いのだ、と笑い、

「中へ入ってみましょう」

と、船内へ降りることになった。

「船の階段を降りるときは、必ず後ろ向きで降りなさいよ」

これもまた傾斜のない階段を、言われたとおりに慎重に降りていくと、数段で甲板下の階に着いた。

薄暗く静かで、風当たりの強い甲板から入ると、人肌のようなほどよい温かさである。低い天井をところどころさするようにしながら、兄は前を歩く。床も壁も天井も硬くて濃い茶色の木でできており、あちこちに傷みはあるものの丁寧にニスが塗られていて、鈍い光を放っている。骨董家具のような船内に入ると今度は自分が小さくなって、船の体内に入り込み探検しているようである。乾いた潮と重油の匂いが混ざった船内には余分な装飾や調度品はなく、その無愛想ぶりが潔い。

兄大工が突然、床板の一枚を引き上げて、見てみろ、と言う。

覗くと、丸い船底が奥までひと目で見渡せた。下のほうに黒くうごめくものが見え、ぎょっとして目を凝らすと、それは海水なのだった。タンクのようなものも見える。

「貯水用。腹に貯めた水が続く分、航海するのです」

入る水は、千リットル。航海中の水の采配は、船長の力量の見せ所でもある。

「こういう船は、本当に珍しいねえ」

惚れ惚れとため息をついて兄大工が次に見せるのは、トイレである。ユニットバスのようなものを想像していたら、そこには江戸時代のからくり玩具を連想するような、木製の空間があった。トイレは浴室も兼ねている。壁や床のあちこちが、必要に応じて出たり引っ込んだりするように工夫されている。

「海が長くなると、コップ一杯の水で洗浄不浄の始末ができないとね」

船内から出ると、目が開けられないほどの太陽だった。甲板に立つと再び、ゆらり、と揺れた気がした。

「どうだった、腹の中は」

下のほうで弟大工の声がした。私は、海に出てもいないのに、軽く船酔いしたような気分だった。

「また連絡するから」

駅まで送ってきてくれた海の男たち三人と、約束のような、社交辞令のような生半可な挨拶をして別れた。三人は揃って口数が少なく、かといってさしたる魂胆があってのことでもなく、自分たちが誇る名船を見せたい一心だったようである。私は船乗りでもないのに、と腑に落ちない気持ちのまま、ミラノ行きの電車に乗った。

電車に乗ってからもしばらくは、足の裏からゆっくり突き上るようなうねりを感じて、思わず立ち上がるほどだった。


売れたのだ、と言った。

「ミラノの人で、あの船を買ってセストリに引っ越して来るらしい」

知人から連絡があったのは、花が咲き始める頃だった。

「修繕を始める前に船を一度海へ戻すから、見に来てよ」

ゆらり、とあの感触が足下に蘇った。


人出の少ない平日に満ち潮を待って、船は海に入ると言う。

その日の満潮は、早朝だった。すでに浜には、兄弟船大工と屈強な若者が数人、揃っている。兄弟は相変わらずしかめっ面で、始発電車で着いた私を見ると、顎を少し上げて挨拶した。

舳先《へさき》は、すでに海に向いている。船の前には丸太が一定の間隔で、ちょうど線路の枕木のように、波打ち際まで並べてある。

兄が海のほうを見たまま、よし、と首を振ると、弟がおうと短く吠えるように声をあげ、それを合図に船の両脇に若者が散って、引き綱を両手でしっかりと持った。波打ち際まで牽引する機械の力を借りて、船は横倒れしないように、時間をかけて少しずつ引かれていく。若者たちは胸まで海に浸かりながら、厳粛な面持ちで綱を持ち続けている。それは船が海に戻るときの儀式のようなものなのだ、としばらく見ていて気がついた。いくら力自慢とはいえ、若者が何人集まったところで到底足りることではない。

舳先を見るといつ乗ったのか、十七、八の女性が沖合に向かって立っている。

「海へお礼、というかね、まあそういう意味合いだ」

眩しそうに目を細めて、知人は説明する。

よいさ、おらさ、と威勢のよいかけ声を受け、船は大きくひと揺れしてから、とうとう全身を海へ浸けた。たちまち沖合から二艘の小型船が、エンジンの音も逞しく船に近づいて来る。二艘は船の脇に着くや、甲板にいる若者数人が投げた綱を受け自分たちの小型船に縛り付けて、再びエンジン全開で沖合へ向かう。牽引船である。

もう一度ゆらりと一礼してから沖へ向かって悠々と動き始めた船の後ろ姿は、凜々しく荘厳だった。とてもただの木の塊とは見えず、大きな生き物が静かに海に戻っていく姿そのものである。兄弟船大工は、一言も発せずにその船尾を凝視している。しばらくして兄が弟に声をかけ、二人は別の船に飛び乗って、船の後を追った。いつの間に着たのだろう、弟は潜水服姿である。

船はゆったりと波間に浮かび、しばらくぶりの風呂でも楽しんでいるように見えた。それほど沖合まで行かないうちに錨が投げ込まれて、碇泊する。船尾からほど近いところに自分たちも船を着けて、弟は海に飛び込んだ。

浜に並んで見ている弟子たちに、船大工たちは何をするのか、と尋ねると、

「虫食いがないか、調べるのですよ」

一人が熱心に沖を向いたまま、そんなことも知らないのか、とあきれた声で教えてくれたが、私には船と虫食いがうまく結びつかず、わかったふりをして生返事をする。

弟は船の腹伝いにゆっくり一周しながら、潜っては上がりを繰り返し、そのたびに兄に何かビニール袋に入れて手渡している。その様子は、動物園のカバに小鳥が集っては体中をついばんで掃除してやるのに似ていた。あの大柄でぶっきらぼうな弟が、かいがいしく船の世話をしている光景は、やや滑稽ながらも穏やかで優しく、セストリの海とよく似合っている。

作業らしいものは、それくらいだった。

浜で気ままに見物していると、向こうの松林の下で小柄な男性が一人で、同じように兄弟の作業を見ているのに気がついた。ジャンパー姿に濃いサングラスで、腕組みをして動かない。懸命に見ている。濃紺の海兵が着るようなジャンパーの下からちらりと見えたシャツは、幅広の横縞で、そのいかにも海ふうのなりから、けっして海の関係者でないのは明らかだった。都会から遊びに来た人が、早朝の散歩の途中に立ち止まって見物しているのだろう。

船が海に入ってから二時間ほど経ち、ひと通りの作業を終えた兄弟船大工は海岸へと引き上

げてきた。船は、そのまま沖にある。

ビニール袋にはマジックで何か書いてあり、それぞれにごく小さな木片が入っている。兄は私の前を素通りして、片手を上げて誰かに挨拶をした。そのほうを見ると、あの縞シャツの男なのだった。

「船主だよ、新しい、ね」

知人が小声で教えてくれる。

弟は、怒ったような顔をして何も言わずにビニール袋を持ち、海岸沿いにある仕事場のほうへさっさと歩き出している。兄大工は、ときどき沖合の船を見ながらその縞シャツと熱心に話し込んでいたが、しばらくして私に向かって、こちらへ来い、と手招きをした。

「年末で定年退職しまして、長年の夢だった船を手に入れました」

沖の船を自慢げに見ながら、ミラノの山の手の調子で男はそう言った。

専門学校を出てすぐに石油精製会社に勤め、長らく油田の開発に関わって各地を転々としたのだという。同じ海でも、色と匂いが違う。それだけ海上で過ごしていても、休暇はやはり海を選んだ四十年だった。

「私にとって海は、このセストリだけです。子供の頃から毎夏過ごして、ここへ戻るとほっとする」

窓の一つから海の端が見える小さなアパートを、長年借り続けてきた。週末になると車を飛ばして、セストリへ。夜着いて、黒く光る海を見ると、しみじみ気分が安らいだ。

「もう少しで定年、というある週末、窓の隅に船が見えた。数センチ四方の中に見えた船は、疲れ切っていた。『あれは、私じゃないか』。心に沁みるような感慨がありました」

急いで浜へ行き、近くにいた地元の人に船のことを尋ねた。船大工に聞くといい、と教えられて、仕事場へ行った。

兄大工は少し口元を緩めながら、黙って話を聞いている。

「海で仕事をしていたけれど、自分で船を持ったことも操縦したこともない。船は足場、というくらいにしか考えなかった。ところが、あの船は違いました。寝ても醒めても頭から離れなくなった」

船大工たちは、海の素人を相手にしなかった。毎週末、仕事場へ来ては、船のことを聞き出そうとするミラノ人を徹底的に無視した。それでも、船に惚れ込んだその人は諦めなかった。

「難しい船だからね、私ら浜の人間にも。素人には無理。ここまでくたびれていると、手直しも大変なんだ。一生働いて手にする退職金や年金をすべて吸い取られるよ、と言ったのですよ。手のかかる女のようなものだからね、木造船は」

兄大工の言い方は素っ気なかったが、「でも、たまらなくいい」という惚れ込みぶりが感じられるのだった。

「『借金を買うことになる』とこの親方から言われると、私のこれまでの仕事はこの船を世話してやるためのものだったのだ、とまで思うようになりまして」

購入。前の船主は他界していて、遺族は金のかかる遺産を残されて、ほとほと扱いに困り果てていたところだった。

〈ラ・チーチャ〉という船の名前は、南米の銘酒から取ったものだという人もいれば、ジェノヴァ方言で〈贅肉ちゃん〉というような愛情のこもった、恋人に呼びかけることばだ、と説明してくれる人もいた。

「あのどっしりとした船腹を見ると、〈贅肉〉なのでしょうかね。贅肉は要らないものだけれど、あると柔らかくて温かい気持ちになるからね」

どうせ自分も、もう世の中には〈要らないもの〉なんですから、と男は少し笑った。

兄弟船大工は、地元が誇る帆船を他所者《よそもの》に持っていかれたのが癪だった。修繕を頼まれたが、口をきこうともしなかった。

ミラノ人は無視されても毎日、仕事場を訪れた。定年とともにミラノを引き払って、窓から海の切れ端が見える賃貸アパートへ越してくる、と言う。手入れが終わったら、免許を持たないので船をセストリの沖合へ碇泊させ、海に浮かぶ家として暮らすつもり、と言った。

「ミラノにはもう、私の居場所はありませんから」

どうせミラノの小金持ちの道楽、とはなから相手にしていなかった兄弟だったが、とうとう日参する男の気持ちにほだされて、そこまで言うのなら家のような船に仕立ててみようじゃないか、と請け負うことになった。

弟は仏頂面のままだが、今しがた潜って集めてきた船体の木片を丹念に仕分けている。ミラノの船主がジャンパーを脱ぐと、縞シャツにはアイロンをあてた線がついている。船大工の仕事場へ来るのにアイロンのかかった縞シャツはいかにも場違いで野暮に見えたが、やがてそれは彼の船と大工たちへの敬意の表れなのだ、とわかった。

「船は、船主に似ると言われましたから」

兄が拡げた図面には、舵以外には何もない甲板と、入れ子の引き出しが付いた机のある船長室が見えた。それにトイレと小さな台所。船内には、それ以外の空間はないようだった。

「一人で乗る、って言うんでね」

虫はいない、という弟からの報告を受けて、兄は図面を巻き上げて、

「よし、行こう」

船の化粧直しの開始である。


それから私は、時間ができるとミラノから電車に乗ってセストリへ通った。

海だけではなく、船も待っている。船主ではないのに、船大工も知人もそして私も、あのとき進水の儀式を手伝った若者たちも皆、その船への思いは格別だった。たかが時代遅れの貨物船ではないか、と都会の友人たちは笑った。しかし長らく放っておかれた、海を熟知した船が、

息を吹き返すその時に私は必ず立ち会いたかった。

「弱者を助けるとき、力を貸し過ぎないようにしないと」

兄大工はそう説明して、〈ラ・チーチャ〉にも手を入れ過ぎないようにするつもりだ、と言った。

「無理矢理、皺を伸ばして粉をはたいてみたところで、婆さんは婆さんに変わりないんでね」

弟が付け加える。

それでも行くたびに、船は少しずつ元気を取り戻し、背筋が伸びて足腰がしっかりしてくるのが見てとれた。そしていつ行っても船腹の下に縞シャツの人は立っていて、下ろしたてのようなシャツやポロシャツをきちんと着て、黙って船の木目を見ているのだった。船は、この船主に似ていくのだろうか。

夏を目前に、そろそろ修繕も終わる頃か、と楽しみにしてミラノから電車に乗った。仕事場に着くと、珍しくその日は私のほかに来訪者がいない。作業しているのも、兄弟だけだった。二人は脚立に上って、船腹を塗装しているところだった。声をかけると、兄弟はちらりとこちらを見て挨拶し、脚立から降りてこない。幅広の刷毛《はけ》で、丹念に手塗りを重ねている。初めて船に会ったとき、潮だらけで木はささくれて傷みがひどかったが、今日の船はすみずみまで磨き上げられている。

アフリカ製のマホガニーは、長年、海水を吸い込んでは吐き、強烈な日差しでからからに乾いては風雨にさらされ、少しのことでは驚かない堂々とした風格である。細部、たとえばすっかり古びてすり減った手すりや階段は、取り払って新品に入れ替えたらどうか、と勧める人もいたが、

「異なる時代のものが同居すると、新旧双方にそのうち無理が出るのでね」

と、兄弟は取り合わなかった。

ひと刷毛ごとに、二人は船に思いを塗り込めているように見える。作業はまどろっこしいほどゆっくりで、それは丁寧に仕事をしているからというより、船との別れをなるだけ先へ延ばしているように見えた。

海には海の暗黙の決めごとのようなものがあって、船体を塗装するには白や濃紺が一般的である。いくら船主が桃色や金色が好みだからといって、そのような色に塗装した船は見たことがない。この〈ラ・チーチャ〉は、濃い焦げ茶に深い緑という、あまり見かけない色合いになっている。湾の背後に見える、リグリアの山から大木が葉を繁らせたまま降りてきて、波間へ浮かんでいるようにも見えるのだった。

ほとんど甲板に近い高さまで塗装は進み、いよいよ来週あたりには船番号と名前を船体に塗り込める、と兄が事務的な口調で予定を教えてくれた。

「必ず見に来るように」

無口な弟が珍しく私の目をじっと見て、ほとんど命令するように付け加えた。

それで、いよいよ仕上げなのだ、と知る。

兄は刷毛を握ったままあちらの方角を向いてしまい、もう一言も話さない。


名入れの朝、いつもの顔ぶれが知人や家族連れで集まっていて、いよいよ待ちきれない様子の人あり、感慨無量で神妙な顔つきの人ありで、浜の空気は高揚している。

すっかり手入れの終わった船は、あちこち傷みや後遺症も残る老いた体だが、それなりに合うなかなかの身繕いを整えた老婦人のようである。過ぎて華美なところのない自然体で、その普通さがまたとりわけ優雅である。あるがままを受け入れて。老いた船が、そう言っているように見える。

こういうとき何を言えばいいのか。私は兄弟大工を前に、黙って一礼する。

うん、とだけ弟は頷き、兄はというと、目玉も動かさず何も言わない。ふと、肝心の人の姿が見えないことに気がついた。

船主がいない。

私はミラノを出るときから、晴れの日にあの船主はどういう恰好で現れるのだろうか、とあれこれ想像しては楽しみにしていた。パイプを口に船長帽など被ってやって来るだろうか。

ところが、そこに船主はいなかった。遅れているのか、と知人に聞いても、さあ、と曖昧にしか答えない。

「今日は、来ないよ」

黙っていた兄大工がこちらを見ないで、不機嫌にぼそりと言った。そういえば弟も、普段に増して冴えない顔つきをしている。船を送り出すのがさみしいだけではないのかもしれない。仕上がりは上々だったし、船主は兄弟の仕事ぶりにずっと満足していたようなので、もめ事があったとは思えない。

やがて兄が合図して、弟は渋々、塗料の入った缶を持って脚立に上り始めた。見物する人たちの中には、急いでカメラを構えたり、うわあ、と言葉にならない声をあげ感嘆している人もある。

「よし始めろ」

兄のかけ声で、弟は大きく最初のひと刷毛を引いた。

私たちは、言葉を失った。

弟が塗ったのは、名前ではなかった。一本の太い、黒々とした横線だった。弟は、刷毛を持つ手を休めない。たっぷり黒い塗料を付けては、どんどん黒い線を甲板の縁から少し下がったあたりに真横に引いていく。それまで、撫でるように塗装していた手つきと違って、淡々としかしきっぱりと、力を込めて黒い線を引いていく。私たちは事情がよくわからず、船の塗装の仕上げの作業に違いない、と見上げている。

隣に立っていた知人が小さく声をあげて挨拶をしたほうを見ると、六十過ぎぐらいの見慣れない女性が立っていた。女性の風よけの薄手のコートが揺れて、私は目を見張った。はだけたコートの下に、あの縞シャツが見えたからである。

兄大工は、黙々と線を引き続ける弟をずっと見上げている。いつの間にか兄は真っ黒のサングラスをかけていて、ふと見るとそのサングラスの下から、つうと一筋、涙が流れている。いっしょに名入れ作業を見ていた、常連の老いた漁師もそれに気づいて、何も言わずに深くため息をついた。私は老漁師に、いったい何があったのです、と目で問うた。あれを見ろ、と脚立の上の弟のほうを顎でしゃくる。

「喪章なのです」

後ろで見ていた、あのときの若い衆の一人が、低く掠《かす》れた声で教えてくれた。

「定年退職してまもなくでした」

夫人は、縞シャツの裾を撫でるようにして話す。

「厳しく黒い海から海へ渡り歩く仕事を終えて、やっと家族の元に帰ってきた夫は、『もうミラノには住めない』と言いました」

海はこりごりだろう、と思っていたら、長年借りているセストリの家へ越したい、と言い出した。波も立たないような海、夏だけしか人が来ないようなところは勘弁してほしい、と子供たちはそれを機に独立した。

「セストリに来て、台所の窓から少しだけ見える静かな海を見て、夫は満足していました」

ある日、散歩に出たまま昼まで戻ってこないことがあった。理由を聞いても、惚《ほう》けたような顔をして、何も言わない。若い小悪魔にでも会ったのかしら、と夫人がからかうと、

「いや、相当な年増だがすばらしい品位だ」

と真剣に反論して、また押し黙ってしまった。まさかとは思ったが、それでも夫人には夫がそこまで興奮する理由がわからず、そのうち熱も冷めるだろうと気にしなかった。

「ところが、食事も手に付かないほどになってしまって」

夫人は、遠くを見るような顔のまま、静かに笑う。

あなた、一体どうなさったの。そんなに素敵な女性なの。

「ずっといっしょにいたいと思う。一度、お前にも紹介したい」

夫人は、焦った。本気だったなんて。

その日のうちに、夫に連れられて夫人は相手に会いに行くことになった。

「ひと目見て、すぐにわかりました」

浜に横になったまま、船は夫人を待っていた。

夫は妻の手を引いて、船底をゆっくり触りながら舳先のほうへ歩き、一周して、どうだすばらしいと思わないか、とため息をつきながら呟いた。

翌日、夫妻はミラノへ戻り、銀行へ行き、定期を解約した。船を手に入れるために。そして、借りていた家を買い上げるための手付け金を払うために。

「夫は、扱いの難しい年上の愛人を前にして、自分でも御しようのない強い感情に動かされているようでした。本も映画も食事も、どうでもいい。すべてがもう上の空でした。大工がどうの、木片がこうのと言われても、都会で専業主婦をしてきた私にはちっともわからない」

海辺に暮らしても、あまり外には出ないのだろう。夫人は、細かく柔らかな皺の入った白い肌のままである。

船体に黒い線を引き終わった弟は、少し離れたところで道具を片付けている。兄は仕事場の外に一人立って、沖を見ている。

もうすぐ完成、進水、という段になったある朝、夫は台所の窓から海を見ながら、「もう行かない」とぽつりと言った。

「驚きました。セストリの港湾警察からは、波打ち際からほど近い沖合に碇泊する許可も得ていて、出来上がったら船へ引っ越しする準備をしていたものですから」

夫は、あれこれ訊く妻を台所に残して寝室へ行き、持ってきた茶封筒を妻へ渡した。新しい生活を始める前にミラノで諸々の整理をしてくるから、と二週間ほど前に夫は一人で出かけていたので、そのときの雑務の一つなのだろう、と封筒を開けてみて、妻は言葉を失った。

几帳面な夫は、定年後も毎年の習慣通り健康診断を受けていた。

「食欲が落ちたのは、恋したせいだけではなかったな」

乾いた声で、夫は言った。肺癌だった。

病気の進行は想像以上に早く、まもなく歩いて船大工のところまで行けなくなった。しばらくは台所にベッドを移して、窓からじいっと海の切れ端を見ていたが、やがてそれも無理になった。

「いよいよ名入れなのに」

間に合わないな、夫は小さく言った。

夫人から知らせを聞いて、兄弟は驚愕した。そんな。ついこの間までここで嬉しそうに見ていたのに、名入れまで間に合わないなんて。

「兄貴、名入れの前に、船体には締めの線引きが残ってるぜ」

弟は、塗料の入った缶を見せた。鮮やかな黄色である。リグリアとシチリアを往来した船は、大地の茶色、深く豊かな緑、そして太陽光線の黄色で彩られている。その黄色の線を仕上げに塗り込む予定だった。

「作業の手を早めて、ご主人に見てもらえるように、名入れまで必ず仕上げます」

兄大工は、約束した。

夫人は病院と話をつけて、名入れの予定が立ったとき、夫を台所へ連れて帰った。窓から船の作業場は見えない。海が一筋見えるだけである。夫には、もうその一筋も見ることができない。意識はもう戻らないだろう、と付き添って来た医師は言った。

名入れの直前に、兄は塗料を黄色から黒に変えた。

弟には、経験がなかった。兄も、亡き祖父から伝え聞いただけの習わしだった。

行け。

弟は、満身の力と思いを込めて、黒い線を引く。

船主が亡くなった船は、黒い喪章を腹に巻き、海へ出るのである。

初夏の朝、浜に集まった全員で、丸太の上を滑る船の綱を無言で引いた。船はあの日と同じように、静かに一礼してから海へ入って行った。

セストリの海は変わらず静かで、おかえり、と船と皆の気持ちを抱きかかえたように見えた。

あとがき

今度こそ春が来たらもう日本へ帰ろう、と思い、春が過ぎると、夏いっぱいはイタリアで過ごし秋から日本で暮らそうか、と先送りする。そうこうするうちに、また春夏秋冬。何年も経った。イタリアで生活するのは、私には難儀なことが多くて、毎年「これでおしまい」と固く心に決めるのに、翌年も相変わらずイタリアにいる。

とにかく、歩けば問題に当たるようなところである。三十余年前、希望と気力に満ちていた学生の頃は、理不尽なことに遭うたびに、これは肝試し、と奮い立ったものだった。問題をそれなりに乗り越えては、あたかもイタリアの首根っこを押さえたかのように得意になっていた。問題といってもそれはごくたわいないもので、例えば、同じことを尋ねても人によって言うことがまったく違う、だの、規則違反が凄まじい、コネなしに物事が進まない、という程度だったけれど。

イタリアで仕事をするようになり、問題はさらに多様化し、難度が高くなった。自営なので、身近に手本になるような先輩がいない。向こう三軒両隣を必死に観察しては、自分もイタリアふうを身につけよう、と懸命になった。若いうちはそれでも、皆が助けてくれるものである。問題が起きるたびに、イタリアで頼りになる知り合いが増えた。難解なことに遭うのもそれほど悪くないのかも、と思うようになり、そのうち、次はいったいどんな問題が待ち構えているのだろうか、と楽しみになった。対策を講じて、身構える。するとこちらの手の内を見透かしたかのように、イタリアは思いがけない新たな難題を用意してくる。昨日は成功した解決方法が、今日はもう効かない。イタリアから創意工夫を試されるような毎日となった。問題の数だけ私は打ちのめされたが、起き上がってみるとその数と同じ分の得難い知人と経験が手元に残った。それらを引き出しにしまい、だんだん引き出しがいっぱいになり、数が増えていくのが嬉しかった。気がついたら、春夏秋冬、まだイタリアにいる。

あるとき、船の上でしばらく生活することになった。「船との別れ」で縁の出来た、あの船である。陸上で次々に降り掛かってくる問題から、逃げ出したかったのかもしれない。海に出れば、また違った世界があるに違いない。試すのなら今、と船から誘われたように思い、家財道具をすべて始末して、着の身着のままコンピューターだけを抱えて、船に移住することになった。陸でこれだけ大変なのである。海で暮らすにもさぞ込み入った規則があるに違いない、と浜で知り合った老いた船乗りに尋ねると、「規則なんてないね」と真顔で言い、「問題が起きるのは、そもそも自分に力量がないからだ」と付け加えた。大波小波は各人の器次第、ということらしかった。板子一枚で海と隔てられた、不安定な暮らしは六年間におよんだ。海であれ陸であれ、生活していれば問題があるのは当たり前で、難儀であればあるほど切磋琢磨のよい機会であり、解決したあとの楽しみはまた格別なのだ、ということが次第にわかるようになった。

身に付いた常識や習慣をいったん忘れて、イタリアという海原へ身を投げ出してみる。全身から力を抜くと、それまで荒れていた海はとたんに穏やかになる。浮くか泳ぐか、あとは各人の自由である。対岸を目指して泳ぐばかりが、良策とは限らない。波間に浮かんでいるうちに、やがて見知らぬ浜に漂着するかもしれない。陸を探検してもいいし、そのまま浜で横になりしばらく休憩するのもまた一策である。

どの人にも、それぞれ苦労はある。自分の思うように、やりくりすればいい。

イタリアで暮らすうちに、常識や規則でひとくくりにできない、各人各様の生活術を見る。行き詰まると、散歩に出かける。公営プールへ行く。中央駅のホームに座ってみる。書店へ行く。海へ行く。山に登る。市場を回る。行く先々で、隣り合う人の様子をそっと見る。じっと観る。ときどき、バールで漏れ聴こえる話をそれとなく聞く。たくさんの声や素振りはイタリアをかたどるモザイクである。生活便利帳を繰るようであり、秀逸な短編映画の数々を鑑賞するようでもある。
名も無い人たちの日常は、どこに紹介されることもない。無数のふつうの生活に、イタリアの真の魅力がある。飄々《ひょうひょう》と暮らす、ふつうのイタリアの人たちがいる。引き出しの奥を覗いては、もっとコレクションを増やしたい、と思う。

内田洋子

二〇一一年一月　ミラノにて

本書は書き下ろし作品です

著者紹介
1959年神戸市生まれ。

東京外国語大学イタリア語学科卒業。

UNO Associates Inc.代表。

欧州の報道機関、記者、カメラマンをネットワーク化してマスメディア向け情報を配信。

著書に、『破産しない国イタリア』（平凡社新書)、『ジャーナリズムとしてのパパラッチ』（光文社新書)、翻訳書『パパの電話を待ちながら』（ジャンニ・ロダーリ著、講談社）など。

ジーノの家《いえ》　イタリア10景《けい》

2011年2月15日　第一刷発行

著者　内田洋子《うちだようこ》
発行者　庄野音比古
発行所　株式会社文藝春秋
〒102-8008
東京都千代田区紀尾井町3-23
電話　03-3265-1211（代表）
印刷所　大日本印刷
製本所　大口製本

万一、落丁・乱丁の場合は送料当方負担でお取替えいたします。
小社製作部宛にお送りください。定価はカバーに表示してあります。
Printed in JAPAN
 ISBN 978-4-16-373640-2

ボローニャ紀行

井上ひさし

ファシズムと闘い、市民が自らの手で築き上げた理想の街、ボローニャ。真の「共生」について思索を深める、豊かな文明論的エッセイ

ヴェネツィアの宿

須賀敦子

父や母、人生の途上に現れては消えた人々が織りなす様々なドラマ。美しい文章で綴られ死後も愛惜され続けてきた、連作エッセイ。

文春文庫